# 明日も彼女は恋をする

入間人間

イラスト／左

デザイン／カマベヨシヒコ

# 明日も彼女は恋をする

入間人間

イラスト　左

# 六章　『Back To The Past』

時計が鳴る。一個、二個、三個と。七個、八個、九個と。

すべてが七時を指し示し、一斉にアラームを鳴らす。おまけに鳩時計まで飛び出した。その鳩は落書きだらけで、目もとが特に格好良くなっていた。なんか目がキラキラして、イケメンと額に書かれている。お前オスだったのか、と薄ぼんやりした目で鳩を見上げる。鳩はともかく、机の上の時計がうるさかった。

頭皮を掻《か》きながら、重苦しい身体を起こす。水中から上がって多量の水でも含んでいるように全身に抵抗がある。その身体を寝ぼけた頭で動かそうとするわけで、どうにも、命令と行動に時差が出てしまう。四つん這《ば》いで、右、左と腕を動かしているはずなのに認識と実際の動きがずれるせいで、右腕を前に動かした後、また右腕を前へ出すことになってしまう。結果として身体のバランスを失い、右腕は空中に手をつこうとして失敗した挙げ句、ベッドから転がり落ちた。前転を決めて、床に大の字に倒れる。

頭の上で時計は鳴り続けている。でも床に転がっていると、その音が遠くなっていく。雲の向こうへ太陽が隠れるかの如くだ。段々とまた瞼《まぶた》が重くなって、瞼のカーテンが僕を覆っていく。背中を打ちつけた痛みもじわじわと抜けて、僕はまた、眠る。

そのはずだった。

だけどその直後、『なにか』が飛びこんできたように、僕は目覚めた。

身体が跳ね起きて、かくんかくんと、頭が揺れる。

繭が割れて羽化したように、世界は、広がった。

「あれ？」

記憶を掘り返すように髪を掻き上げる。眠気は別人の身体にでも入りこんだように消え失せて、意識が鮮明に、光に晒《さら》されていく。立ち上がって一つずつ、順序よく時計を止めていく。九つほど止めた段階で、それがないことに気づいた。

ルービックキューブ型の時計が机の上になかったのだ。

それが記憶の縫合の仕上げを行い、僕は『時間の産声』をあげた。

「そうだ！　僕は、えぇと、過去から！　……戻ってきた？」

よれた寝間着で、自分の部屋にいることを確かめることで、その発言に陰りが生じる。頭も寝癖だらけで、癖毛が酷くなりすぎている。触った感じだと、『ドッジ弾平《だんぺい》』の主人公みたいな頭になっている。あまりに長時間眠っていたことを示すような髪と身体の倦怠感《けんたいかん》に、僕の体験は不鮮明となっていく。

松平《まつだいら》さん作成のタイムマシンで過去へ行ったこと。タイムマシンが産廃を再利用した軽トラだったこと。九年前の地震で潰《つぶ》れていた研究所、自分の足で走るマチ、元気に畑弄《いじ》りをする祖母。僕の知っているあのとき、あの場所で、未知の経験を果たしたこと。すべてが夢だと切って捨てるには、あまりに、惜しい時間の数々。

だから、夢のはずがないのだ。そう信じたい僕がいた。

「マチ、マチ……は、いないし」

僕のように家へ戻ったのだろうか。……家。ふと思いつき、時計を見る。針はすべて、七時を指し示していた。時間は分かる、後は日付と鏡だ。壁にかけてあるカレンダーに飛びつき、今日は何日だよと別の問題にぶつかる。次に手に取ったのは携帯電話だった。起動させて液晶を確かめると、表示された日付は僕が松平さんのタイムマシンで過去に飛び立った日だった。これがなにを意味するのか、床に座って考える。

今から約一時間後、僕はマチと共にタイムマシンに乗りこむ。そのタイムマシンに乗って過去から帰ってきたはずなのに、気づけば僕は自室にいた。過去に飛んだときは軽トラの中でその瞬間を迎えたのに、未来だと別の場所。どういうことだろう。

過去は確定しているが、未来は不確実ということか？ よく分からない。

それともう一つ、気がかりだったことがあった。過去から帰ってきた場合、現代の僕が二人いることになるのではと思ったのだ。だけどこの日、この時間に部屋で高いびきをかいていた僕は、僕一人だけだ。もう一人の僕は既に起きて一階にでもいる、という考えは目覚まし時計があり得ないと主張している。起きたら止めるだろ、普通。

過去から戻った瞬間、僕はもう一人の僕と合体でも果たしたんだろうか。どういう仕組みと優先順位なんだろう。松平さんあたりに説明して欲しいところだ……ってそうだ、あの人に会えばいいんだ。そうすれば過去に飛んだかどうかは判明する。

やるべきことを見つけて、順序立てる。手早く着替えてから、部屋を飛び出した。

その際、ドアノブに触れた感触に違和感を抱いて、自分の手のひらを見る。

頭の中を、冷たいものが溶けるように流れて伝う。

なんだ、これ。

僕の手は過去、祖母の畑仕事の手伝いをしたことで荒れた。指の付け根の皮もめくれていた。だけどこの僕の指はそれよりも更に荒く、ごつくなっていた。指の皮は何度剝《む》けて、マメは何度潰れたのか。太くなったせいで、指が短くなったように見える。

これは僕の知っている指じゃない。

「僕は、誰だ？」

頬《ほお》に手を当てて、その造形に縋《すが》るように撫《な》で回す。廊下に膝を突き、崩れ落ちそうだった。目の前が歪《ゆが》む。小窓から溢《あふ》れる光に包まれた、早秋を感じさせる景色。爽やかな息吹を感じるはずの場所を前にして、嫌な汗が滴る。

なにかに急き立てられるように廊下を駆けて、階段を下りていく。

半ばまで下ったところで、僕の歪みは更に加速する。

玄関先に座っていたのは祖母ではなく、松平貴弘《たかひろ》だった。

いつものように白衣を無理して着て、背中はぱつんぱつんだ。のっそりと、熊が座りこんでいるようでもある。誰か、恐らく僕を待っているように、松平さんがいた。配役でも変わったように、祖母の代わりに。

階段を駆け下りると、松平さんが振り返る。僕の知る、九年後の松平さんだった。

「よう、起きたか。俺の名前を言ってみろ」

挨拶も抜きにそんなことを強要してくる。そうした言い分や性格はなんとも松平さんだが、朝から僕の家にいるのはどういうわけだ。それとなく祖母の姿を探しても、その痕跡も見当たらない。日常の僅《わず》かな差異が、僕の世界への不安を煽《あお》り立てる。

「妙に惚《ほう》けているな」

松平さんの目が細められる。熊に餌扱いされているようで落ち着かない。

「寝起きだからね。それより丁度よかった、聞きたいことがあるんだ」

「俺の名前は？」

再度、同じことを求められる。訝《いぶか》しみながらも、分かりきったことを取り敢えず答えてみた。質問したいのはこっちだよ。

「松平さんだろ。松平貴弘。……あぁ、エメット・ブラウンって言ってほしいの？」

そっちか、とこの目論見に合点がいく。松平さんの顔つきが変わって、やはり、と呆《あき》れながら笑う。謎ばかりが募っている中で、自分の知っていることがあって、少し安心する。

立ち上がった松平さんが僕を観察するように、近くで見つめてくる。顎に手を当てて、するようにどころかまるっきり、観察だった。なんだよ、今日は。こっちはわけ分かんないことばかりで、聞きたいことが山ほどあるっていうのに。

「濁点をつけたか。なるほどな」

「はぁ？」

困惑続きの僕の肩を叩《たた》いて、松平貴弘が思わせぶりに笑う。

「久しぶりだな。待ちくたびれたぞ」

歩いている。わたしが、進んでいる。自分の足で。

骨と皮だけじゃない健脚。久しく忘れていたはずの、地面を踏む感触に自分が『馴《な》染《じ》んでいる』ことへの気持ち悪さ。足が地面に沈んでしまいそうだ。

前屈みで腕がぶらつき、猿のような姿勢でへこへこ歩くのがやっとだった。地面が傾く。右に大きく傾倒した、斜めの世界を進んでいる。歩く度に腰が抜けそうだった。

夢見ていた。歩けなくなってからも、夢の中のわたしは元気に歩き、走り回り、様々な舞台に立っていた。目覚めて、その夢が散ったとき、わたしはいつも苦笑いを浮かべた。本当は何度も叩いて、寝ぼけた足を起こしてやりたいのを、グッと堪えて。

今度も夢であればいいのに。草と土、小石を踏む靴の裏側が、それを拒む。

さっき会った剣崎《けんざき》さんは言った。

ニアが死んだ。

それも九年も前に。

「勿論それは、夢なのだった」

独白の向こうに、船着き場が広がる。森のように木々の広がる小道を抜けた先には見慣れた船が停泊し、見知った顔の人たちが荷物を運んでいる。船で運ばれてきた朝方の新聞に、郵便物や店に並ぶ商品が並べられている。

船は穏やかな波に揺れて、潮の香りは何年経っても変わらない。

風景も匂いも。すべてがわたしの知っている島なのに。

船着き場の前を横切っても、誰もわたしに注目しない。一瞥《いちべつ》ぐらいは向けても、あっと驚く顔がそこにない。精々、顔色の優れないわたしに怪訝《けげん》な顔となるだけだ。

誰も驚いていない。わたしが歩いていることに、慣れきっている。

その蔓延《まんえん》する常識が、ニアの家へ向かおうとするわたしの足に次々と重りを重ねていく。

わたしが歩ける毎日。

そしてニアが死んだ現代。

まるで別の星へ飛んできてしまったようだった。

過去から帰る直前、松平貴弘が口にしていた言葉が時を超えてわたしを揺さぶる。

すまんな、色々と。

「九年前から、お前には俺のことを『まったいら』と呼ばせるように仕込んでおいた。

当時のお前は俺の名前など覚えていないアホガキだったからな、簡単だったぞ」

散々な言われようだ。でも松平さんがどうしてそうしたのかは理解できる。

「区別をつけるため？」

「そう。過去のお前が帰ってきたことが、一発で分かるようにな」

摑《つか》んだままの僕の肩を、松平さんが気持ち強く握る。

「おかえり」

「ただいま」

「お前には一瞬だったかも知れないが、俺には長かった」

項垂《うなだ》れるように松平さんが俯《うつむ》き、声も重く沈む。

「カップラーメンが九千四百六十万八千個作れる時間だぞ」

「そんな計算してたの？」

「暇な時にな。電卓は使わなかったぞ」

松平さんが肩から手を離す。白衣に手を突っ込んで、なにかを取り出す。そしてそれをくわえた。ハッカパイプらしく、少々癖のある香りが瞬く間に広がる。

僕が知る限り、以前はそんなものを愛好してはいなかった。

やっぱりこの時代は、僕が知るものと微妙に違うのだろうか。

「さて、お前が帰ってきたのなら早速話すことがある」

玄関で立ちんぼという間抜けな構図のまま、生真面目な調子で松平さんが言う。

「そう。こっちも聞きたいことが山ほどあるんだ」

「だろうなぁ。だがそれよりなにより、伝えないとな」

そこで松平さんは顔を逸らす。パイプを指で挟み、暫《しば》し黙る。それを待つ間、僕は廊下に振り向く。一階に祖母の姿を探しても、痕跡まで消え去っているようだった。

玄関の棚の下にも祖母の靴がないところを見るに、まさかとは、思うけれど。

その棚の上には見覚えのない時計が置かれて、秒針がこちこちと時を刻んでいた。

やがて松平さんが、珍しい淀《よど》みと逡巡《しゅんじゅん》を終えて口を開く。

「落ち着いて聞けるか。聞けないなら言わん」

「なんだよその前振り。分かった、落ち着くよ」

背筋を伸ばして意志を示す。内容次第だろうに、無茶振りだな。松平さんは僕の目を覗《のぞ》いて、また口を噤《つぐ》みかけたけれど、それを押し切るようにぶっきらぼうに言った。

「この世界では、マチが既に死んでいる」

一瞬で、時計の音が消し飛んだ。

耳に鉛でも注がれたように音は消え、平衡感覚も抹消する。

「どういう？」

こと？　冗談？　様々に続く問いかけの続きは舌のもつれで途切れて、中途半端な疑問系となる。背中にふつふつと湧く汗の感触は生暖く、何度も身震いしてしまう。

「九年前に死亡している。お前が未来へ帰ってから、二週間ぐらい後にな」

九年前？

二週間？

「どういう、えぇと、どういう？」

同じ言葉を重ねることしかできなかった。松平さんはまた玄関先に座りこんで、僕に背を向ける。僕が落ち着くのを待つように。だけど、僕は、そんなのごめんだ。

「なんだよ、そりゃあ。マチが死んだ？」

「そうだ。俺も驚いたがな」

「驚くって、それだけで済まないだろう。もっとこう、さぁ」

気づけば膝を床に突いて、松平さんの背中に縋っていた。幅広く、普段ならたくましく思える背中は、今は分厚い壁のように、僕を隔てている。

「本来、九年後にマチが生きていたのは俺も知っている。おかしな話だが、九年前に会ったからな。……考えられるとしたら、お前たちが過去に飛んだことで、時間の流れが改変された、というやつじゃないか」

松平さんの言い分は、淡々としていた。もうとっくに受け入れてしまっているように。ああそうかい、そりゃ、そうかい。もう九年も前の話だ。そんなに時間が経てば、どんな悲しいことだって、悲劇だって、摩耗する。壁画のように、ただ日常の側面に飾られるだけとなる。思い出で、過去形で、熱のないものになるだろう。

だけど僕にとっては、十分前まで一緒にいた大切な人なんだ。

「飛んだことで、って。あんたの発明だろ！　あんたのせいとは、言いたくないよ。僕が過去でなにかしたんだ、全部僕のせいかも知れない。でも、だけど！」

「そうだな。多少は責任も感じている」

微塵《みじん》も感じていない口ぶりだった。……この人は、そういう人だからな。

科学者なのだ、松平貴弘は。

僕は松平さんを蹴り飛ばすように玄関へ下り立ち、靴を横着に履いて外へ飛び出す。そのまま走り出しかけて、家の脇に停めてある自転車の存在を思い出した。『前回』はこいつのことを忘れて、船に乗り遅れた。今度は船に乗っている場合じゃないけれど、一刻も早く、マチの家へ向かいたかった。自転車を外の道まで引っ張り出す。

マチの家へ行き、生死を確認したい。松平さんの言葉が間違いで、或いは嘘《うそ》であってほしい。夢を見ていた僕をからかっただけであることを祈り、懇願し、自転車のペダルを踏み出す。方角としては船着き場の方へ向かう。その途中にマチの家がある。外の景色は何一つ変わりない。この道の延長線上にマチがいることは疑いようがないほどだ。だけど松平さんは科学者であり、決して、あの類の嘘を言う人間ではない。走り出してすぐ、瞳が収縮する。道の途中、車いすで移動するその背中が見えたからだ。大胆なほどの質量を感じる、安堵《あんど》と不安のせめぎ合いに胃液が濁り、揺れた。自転車でその車いすの横を駆け抜けてから、振り返る。

「ちが、」

動転によって目と舌が裏返り、言葉が詰まる。

違う。

マチじゃない。座っている女の子は、まったくの別人だった。

派手に振り向かれたのが不満なのか、女の子の顔つきが不快そうに歪む。マチではないけれど知っている顔だった。小学校の同級生だった、裏袋《うらぶくろ》だ。でも僕が知る限り、裏袋は車いすに頼った生活をしていなかった。車いすは島にただ一人、マチだけだ。

まるで立場がすり替わっているように、裏袋が車いすに収まっていた。

裏袋のキツイ視線から逃れるように、また慌てて自転車をこぐ。今はなにも分からない、けれど。まさか裏袋の車いすに、僕はなにか関係があるのだろうか。

恐怖のようなものに急き立てられて、坂道を下る。マチの家は住宅地から少し離れていて、他の家と間違えようがない。だから僕は、先程の車いすみたいに、唐突に飛びこんでくるそれを、目の錯覚とか道を間違えたとか、そんな言い訳で済ますことは許されなかった。自転車ごと転びそうになりながら滑りこんで、愕然《がくぜん》とする。

マチの家は植物に覆われていた。僕の背丈より育って、放置された庭の雑草が家の門を埋め尽くし、玄関を覆っている。自転車を降りる際にフレームに膝を強く打ちつけてしまう。自転車も倒れる。起こす余裕もないまま、痛む膝を引きずって草木を掻き分ける。飛び交うヤブ蚊が僕の肌をちくちくと、控えめに苛《さいな》める。

家屋の方も歳月に侵されていた。窓の向こうに見える埃《ほこり》っぽいカーテン、朝方に拘わらず暗中を保つ室内。室外機の羽は折れて、家を支える柱も、触れるだけで煤《すす》のようなものが舞い散る。振り向くと掻き分けてきた雑草が僕の視界を遮り、自転車も、道も、島も覆い隠していた。

扉を叩く。三度叩いただけで、ガラス戸の部分がひび割れそうになる。奥からはなんの反応もなく、僕の気持ちもひび割れたように、その場で項垂れる。

何年も、それこそ九年間放置されてきたといって納得できる、マチの家。

僕の記憶にない廃屋。記憶にない、彼女の死。
時の傷跡を前にして、無力な僕は鳴く。
きゅるきゅると。喉の中で、秋の虫が合唱しているようだった。

ニアの家の前に着いてから、入ろうと決心する間に流れた汗で顔は濡《ぬ》れそぼってい
た。頬に流れたそれが乾いてごわごわとしている。涙も混じっていたのかも知れない。
意を決することもなく、疲れきった身体が寄りかかるように扉を叩く。ニアの家は
私の知るとおりの外観で、当たり前のように建っている。この島ではあまり出番のな
い赤いポストは赤錆《あかさび》に塗れて、玄関脇には犬の置物がある。風雨に晒された置物は表
面の塗装が所々剝《は》げて、片目も白内障を患ったように真っ白だった。
とん、とんと。肩で扉を押す。弱々しく、中に人がいても風の音と間違えそうだ。
知ることも、知らないことも。どちらも怖くて、どちらにも行けない。
かたかたと揺れる、建て付けの悪い扉の音。耳がそれを聞く度、わたしの頭はぼう
っとなって、目の焦点も合わなくなる。なにもかもが異なる世界。どうしてこうなっ
てしまったんだろう。振り返っても過去、わたしがなにかした記憶はない。

ニアの死ぬ理由が、どうしても思い当たらない。

「はい、どちら様?」

急に声をかけられて、ハッと身体を起こす。扉の向こうに人影が映っている。小柄で、声も聞き覚えがある。ニアの母親だ。わたしは名乗ろうとして、喉が詰まる。咳《せ》きこむばかりで、声が出てこない。空になった瓶を振っているようだった。

結局、名乗らないのにニアの母親が鍵を押し上げて、扉を開く。そしてわたしの顔を見て、弱々しい笑顔を浮かべた。「珍しいわねぇ」と、目尻に皺《しわ》が寄る。

「今日は大学もお休みなの?」

「大学? ……え、はい。はぁ、え、はい」

しどろもどろに話を合わせる。わたしが大学生? 何度だって思うけれど、ここ、どこ? わたしという意識を纏《まと》うものは、すべてが異世界に属していた。

身体も、環境も。お仕着せの服で着膨れして、身動きが取れない。

「どうぞ上がって」

ニアの母親が招き入れる。線の細い人で、足首なんか軽く蹴っただけで折れてしまいそうだ。そこまではわたしの記憶にある人で、そこに、わたしの知らない儚《はかな》さが加わっていた。支えを失ったように、頼りなさが浮き彫りとなっている。

多分、今のわたしも似たようなものだと思う。

廊下に上がり、左手側の居間へ案内される。ニアと仲違いする前は、よくその部屋で一緒にお菓子を食べていた。遊ぶ場所はもっぱら外で、家の中はおやつを食べる場所になっていて。だけどニアの母親は、それをいつも幸せそうに眺めていた。

ニアの母親は庭先に通じる窓の側、日の当たる場所に腰を下ろす。骨組みだけのように細くはあるけど、背筋はしっかりと伸びている。いや、余分なものが肉付けされていないから、真っ直ぐ伸ばすことができるのだろうか。

その向かい側に真似するように、正座する。正座した目線の高さなんか久しく忘れていて、その慣れない位置に目が回る。足があまりに自然に動いて、気持ちが悪い。わたしのかしこまった態度がおかしいのか、ニアの母親の微笑みは絶えない。

「今日はどうしたの？　あの子のことでなにかあった？」

あの子という言葉に、思わず頭が垂れる。どうしてか叱られているような気になって身体が縮こまってしまう。まるでわたしが悪いように。

でも、いつまでも俯いているわけにはいかない。

今度こそ、家の外から引き延ばしている、意というものを決するときだった。

「冗談で聞くわけじゃないんです」

「え？」

「真剣です、本気なんです。……聞いていいですか？」

怒られないよう、軽蔑されないよう。念入りに前置きすると、ニアの母親は暫し黙る。沈黙と耳鳴りが耳に痛い。ニアの母親が頷《うなず》くまでの間に、何度も涙が溢れそうになっていた。

苦心しながら唾を飲みこんだ後、顔を上げて、わたしは尋ねた。

「ニアは、死んだんですか？」

ニアの母親が面食らう。互いの息が詰まり、止まるような間が訪れた後。

「死んだわ」

言葉の矢がわたしの眉間を射抜いた。剣崎さんに言われた瞬間ほどの不意打ちの衝撃はないけれど、どっしりと正面から受け止めるには、まだ重すぎた。

「もうお墓を作ってしまったから。認めるしかないのね」

寂しげな物言いを付け足す。その言い回しに引っかかるものがあり、突っ込む。

「どういうこと、でしょうか」

「……ふざけてないのよね？」

昨日までのわたしからは考えられない質問だからか、ニアの母親が訝しむ。

九年前にいた子供のわたしは、今日までずっとこの島で育ってきたのだ。だけど今のわたしには、その記憶がない。その『わたし』は、どうなってしまったのか。健全で、歪《いびつ》なこの身体だけを明け渡して。魂は、どこへ行ったのだろう。

「ふざけてません。どうしても知りたいんです」

手を突いて前のめりになる。頭が前へ振れると、そのまま嗚咽《おえつ》が漏れそうになる。口の内側を噛《か》んで自制し、顔を上げる。目もときつくしておかないと、ぐずぐずに崩れてしまいそうで怖い。ニアの母親は、そんな情けない顔のわたしをどう思うのか。

「死体は見つかっていないの。九年前、海で行方不明になったから」

ニアの母親が、分かりきったことを説明するように疲れた顔で言う。

行方不明。海で。どうしてそうなる、としか言いようがない。

わたしが飛んだ九年の間に、なにが起こってしまったのか。

その瞬間は悲哀より、疑問が勝った。

一体、ニアの身になにが降りかかったのか。それを知らなければいけない、という使命感のようなものが、鉛のように重く、胃の底に生まれていた。

ただ泣きそうだったわたしに、微かな炎のようなものが灯る。

その明るさの根幹には、『タイムマシン』と、『松平貴弘』の存在があった。

「大丈夫？」

ニアの母親がわたしを気遣ってくれる。酷い質問ばかりで、気が触れたとでも思われたのかも知れない。わたしは顔の前で手を振って、「平気です」と短く答える。

本当は他にも聞いてみたい。だけど、これ以上質問を繰り返すと、本当に誤解されてしまいそうだった。その上、ニアの母親の疲弊した顔と向き合うのは、これが限界だった。逃げるようにわたしは立ち上がって、最後に確認を取った。

「ニアの墓は共同墓地、ですよね」

島は狭いから、たくさんの墓を立てる場所もない。死者が行く先はそこだけだ。

「変なことばかり聞くのね、今日は」

ニアの母親は不思議がり、目を丸くする。その視線に晒されるのが辛い。

「でも、そういう日なのかしら」

「そういう？」

「私もね、あの子のお墓参りに行こうと思っていたの」

ニアの母親が日溜まりから立ち上がる。その様はカゲロウのようだった。

「一緒に行きましょう」

「……はい」

行方不明ということは、ニアの身体は墓の下に存在しない。

そんなニアの墓を前にしても、わたしは泣いてしまうのだろうか。


草木を掻き分けて自転車のもとへ帰る気力を取り戻すのに、かなりの時間を要した気がする。だけど実際は、数分しか経っていないようだ。先程の車いすの少女、裏袋もまだ通りかかっていない。代わりに通ったのは見知らぬ男だ。かなり知らない。同級生ぐらいの年代に見えるが、まったく見覚えがない。廃屋から出てきて、自転車を道端に倒している僕に怪訝な目を向けてくる。

愛想笑いで取り繕う余裕もなくて、無視して自転車を起こした。草の端で切ったらしく、指には細い切り跡が何カ所かできている。血はうっすら滲《にじ》むだけで流れていない。ハンドルを握ると、その傷口がぱくりと開いて、空気にえぐられた。

帰り道、ペダルは重苦しい。身体の一部を置き忘れてきたように僕は希薄で、足に力が籠《こ》もらない。刻々と身体が風化して、空へ舞い散っているみたいに。僕が薄れていく、この世界から。そうしてそのまま、消えてしまえばいいとも思う。

引き返す最中、裏袋の後ろ姿を見つけた。方向を変えたらしい。なぜ、それがマチではないんだと半ば呪うように見送りながら、自分の家の前で自転車を停める。

「なんだい、行ったと思ったらもう帰ってきたよ」

俯きがちに運転していて、前方以外には気を配っていなかった。だから声をかけられるまで、そこに人がいたことも気づかなくて、その不意打ちに心臓がキリキリと締めつけられる。

僕の祖母が、向かいの家に住むミー婆と立ち話に興じていた。

自分の足で立って。皺こそ増えながらも、仏頂面で。

自分を忘れた、無垢な笑顔などそこにはなく。

「ばあ、う、ぇ、げ」

声を出そうとして咳きこんでしまう。その間に祖母ちゃんが僕の側へ近寄ってきて、

「なんだいその顔。いい歳して草だらけで、どんな遊びしてたんだい」

ごつい親指が僕の頬を拭い、汚れを払ってくれる。眼光は鋭く、もう疑いようがない。変えたのだ、僕が。あの畑の石を引っこ抜いたことで、祖母ちゃんの未来を。

太い指に、荒れた手肌。土が染みついたような色に、珍しい手のひらのほくろ。今も畑仕事を続けている証明のように、そのたくましい手が僕の顔を包む。

そして、僕は自身の手に備わる見知らぬ荒れ具合の正体を、そこで理解する。

「畑仕事だ。僕が、手伝う気になるなんて」

ガキの僕が祖母の畑仕事を手伝った。そういう歴史になっているのだ。

「あぁん？　なに言ってんだ」

祖母ちゃんが訝しむ。顔から指を離し、目を細める。僕を孫だと認識している祖母と、こうしてまた話せるなんて。ぐじ、と鼻を啜《すす》って涙を堪えた。

「変な子だね。今度は泣きそうだよ。なにがあったんだい」

ぶっきらぼうながら、祖母ちゃんが僕を心配してくれる。泣きそうという部分まで看破されて、鼻が熱くなった。「大丈夫」と手を小さく振って、心配無用を告げる。

祖母ちゃんの後ろではミー婆がぼけぇっとしていたが、やがて表の鉢の手入れを始める。その屈む姿は、僕の知るミー婆そのままだった。

僕のなにもかもが失われたわけではなく。

そしてなにもかもが、悪化したわけでもなく。

「なんでもないよ。目にゴミが入って、あと、野球のボールとか飛んできて頭にぶつかりそうになったけど、避けて、あと、なんか色々あっただけ」

「だけって言葉の意味を知らないようだね」

祖母ちゃんがきししと笑う。釣られて僕もほんの少し、笑ってしまう。

「ちょっと、用事があってさ。忘れ物を取りに戻ってきたんだ」

「そうかい。ま、自分の家なんだ。好きに帰りゃあいいさ」

祖母ちゃんの突き放したような言い分に、安心してしまう。きっと祖母ちゃんは、あの庵《いおり》に一人で住んでいるのだろう。祖母ちゃんが健在なら、建物も無事のはずだ。

「あの、祖母ちゃん」

「なんだい」

「ただいま」

万感の思いを込めて、帰還を報告する。祖母ちゃんはそれを、鼻で笑った。

「行って帰ってきたばかりなのに、大げさなやつだよ」

まったくだね。

この世界へ戻って再び、僕は笑顔で応える。

祖母ちゃんが僕に一つの希望を教えてくれた。

この世の真実を一つ、僕に授けてくれた。

未来は、変えられる。

家の扉を開けると、松平さんが同じ位置に座りこんでいた。僕の姿を見て、生気を感じられない動作で手を上げる。操り糸があっても不思議じゃない、不器用な動きだ。

「おかえり」

「ただいま」

こっちでもまた挨拶を交わす。松平さんの横に座りこみ、自転車の鍵を回した。

「で、どうする？」

「……どうする？」

松平さんの問いにはやはり、温度が希薄で。

だけど当然のように、次を語る力強さがあった。

マチが死んでいる。ここは僕の知らない現代。さぁどうすると問われたら。

……納得しないに、決まってるじゃないか。

「マチは死んだって言っていたけど。病死、じゃないんだよね」

あんなに元気だったし。多分、それはないだろう。

「あぁ。海難事故の類だな」

「そう……」

それなら、僕はまだ個人の時間への『神様』になる資格がある。

「ねぇ松平さん」

「なんだ」

「この世界にもタイムマシンはあるのかい？」

僕の問いかけに、松平さんはいつもの得意げな顔で応える。

どれだけ時を経ても、世界が変わっても、虚《うつ》ろわない強い声で。

「勿論。俺は天才だぞ」

あぁ。あんたはきっと、世界一の科学者だよ。

「そうこなくちゃ」

「お前が帰ってきたときのために、万全に仕上げておいた。また過去に行くんだろ？」

「うん。マチを助けに行くよ」

マチが死ぬ瞬間に介入し、僕が、新たに未来を作る。

必要なら、島の神様にだってなってやろうじゃねえか。

「お前ならそう言うと思った。……が、そのためには少々手順が必要でな」

「手順？」

「そこが時間の面白いところだ」

要領を得ない返事だった。そのまま松平さんが立ち上がる。僕の腕を引っ張り、ついでのように起こした。

「研究所に行くぞ、急いでな。やつらが来るより先に準備せんと」

「やつら？　さっきから随分思わせぶりだな」

「ワクワクするか？」

「しない」

　正直に答えると、松平さんは笑いながら扉を開く。どうでもいいけど家の鍵はどうしたんだろう。そんなことを気にしながらまた外に出たら、祖母ちゃんが立っていた。

「慌ただしいやつだね。また出かけるのかい」

　僕の落ち着きのなさに呆れた後、松平さんの方を睨《にら》む。

「あんたもあんまり、付き合わすんじゃないよ」

　まるで僕同様、小さな子供のやんちゃを叱るような調子だった。

「分かってる。任せておけ」

「あんたに任せると頭が夢見がちになりそうだよ」

　祖母ちゃんが適確に松平さんを評する。松平さんはそれを聞き流すように、「ほれ急げ」と走り出す。徒歩かい。せめて自転車、松平号でも乗ってくればいいのにと思ったけれど、そういえばあれは僕が海に沈めてしまったのだった。

　これも地味ながら、僕が変えた未来の一つということだ。

　松平さんを追って走り出す前、祖母ちゃんに元気よく挨拶する。

「祖母ちゃん、行ってきます」

それに小さく笑って、手を振る祖母の姿を、ずっと眺めていたかった。

祖母の指先の描く残像が、僕の新たな旅を祝福する。

「はいはい。気をつけて行ってきな」


共同墓地の見晴らしはお世辞にもいいものではない。

神社の裏手にあるのだけれど、その背景には山がある。鬱蒼《うっそう》と茂った木々に包まれているような状況もあって、午前中は墓石に日差しが届かない。そうした、薄暗い雰囲気も相まって薄気味の悪い場所となっている。もっとも、墓場の幽霊より発電所の人影の方が小学生のわたしたちにはトレンドだったけれど。

森の奥に墓場を作った理由は、主に台風のためだった。見晴らしのいい、崖側に墓地を作ると台風が訪れた際、すべて吹っ飛んでしまうことが懸念される。実際、ずっと昔はそうした事件もあったらしい。だから木に守って貰《もら》えるこの場所にしたそうだ。

神社側から回りこんで到着した墓を前にして、わたしの心は冷えきる。

「ここがあの子の墓よ」

ニアの母親に案内されて、見栄えの変わらない墓石の間をすり抜けていく。右端にある墓石の一つが、ニアのもののようだった。そしてニアの母親が立ち止まったそこには、既に花束が手向けられていた。

「あぁ、また来ていたのね」

困惑するわたしと対照的に、ニアの母親は儚げに口もとを緩める。

「ニアの、お父さんが？」

「ううん。あの人はまだ信じたくないって、お墓参りには来ないの」

ニアの母親が墓石の前で屈む。話はそこで一旦途切れる。釈然としないまま、わたしもその隣に屈んだ。墓石にはなにも書かれていない。それが、ニアの父親の意向というものかも知れない。空っぽの墓。名前も、骨もここにはない。

屈んでいる足を見せびらかすようにしながら、ニアへ黙禱《もくとう》を捧げる。もし、今のわたしを見たらニアはどれほど驚くだろう。喜ぶのか、それとも、ただ俯くのか。

祈る心も虚ろに、わたしは目を閉じ続ける。

ニアが死んだことを、冥福を祈れるほど。

わたしはまだ、この世界に納得していない。

やがて瞑《つむ》り続けたい欲求を押し退けて目を開けると、ニアの母親が花束を手に取り、整えてから置き直していた。絢爛《けんらん》な花弁が無骨な墓石を彩る。その花束に向けたわたしの視線を察してか、ニアの母親がさっき途切れた話の続きを口にした。

「いつもこうしてお墓参りに来てくださる人がいるの」

「……いつも？」

そんなにニアと親しい人が、この島にいたのだろうか。自分以外に思い当たらず、それがどうしてか潮風の匂いのように胸を刺激する。ニアとの思い出にはいつだって島の香り、海風の香りがつきものだったから。

ニアの母親が弱く頷き、そして花束に向けて言った。

「あなたも知っているでしょう、ヤガミさんよ。ヤガミカズヒコさん」


「元気な老婆はいつ見てもいいものだな、左門《さもん》先生を思い出すよ」

「さもん？　ほうさく？」

「師事していた科学の先生だ。恐らく、人類初のタイムトラベラーだぞ」

「ふぅん」

正式名称は、松平科学サービス。通称、研究所は外装が異なっていた。僕が知るそれより、幾分かレトロ調になっている。原色バリバリの配色である壁と屋根はどうかと思った。まさか自分で塗ったのだろうか。その他は大差ないようで、看板もへし折れたやつを継ぎ接ぎして立ててある。壁に巻きついた植物の蔓《つる》やらと合わさって、ホラーハウスとしても売り出せそうだ。森の中にあるのも好感触だ。

「中は、いないな。よし入れ」

建物内を覗いた後、僕を手招きしてくる。普段から行っている秘密組織ごっこの範《はん》疇《ちゅう》なのか、それとも本気で確認したのか、判別がつかない。

「そこに座れ。あーまずボードと、ペン……」

床を這うたこ足配線を飛び越えて、松平さんが研究所内を駆け回る。内装のセンスは大して変わっていないな。植物の蔓に壁が侵食されて、出所不明のトーテムポールみたいな置物があって。繋《つな》げて意味があるのか分からない配線だらけでもあり、用途不明の機械が大勢、奥に設置されている。まさに子供の思い描く、秘密基地だ。

松平さんは説明できることに興奮しているのか、嬉々《きき》としてホワイトボードを用意する。この科学者は専門分野限定で説明好きなのだ。熊っぽいオッサンが慌ただしく、子供のように屋内を駆けてペンやらなんやらを準備する様は、サーカスの舞台裏でも眺めているようだった。外見は魔女の家のようで、住人は熊。

微笑ましくも、懐かしくもある。世界の大元は、きっと変わらないのだろう。

僕たち如きでは、変えられない。

「よしいいか。時間について講座を始めるぞ」

「やんややんや」

準備が終わったことを、乾いた拍手で迎える。松平さんは一度、咳払《せきばら》いした後にペンを走らせる。ホワイトボードに、1234567と数字を書き連ねた。

「まず、時の流れが1234567……と刻まれていると仮定する。いいな？」

「うん」

「で、お前はこの7の位置にいた。現代というやつだ。ここからお前は1という過去へタイムマシンで飛んだ。そして行動を起こし、過去を改変して、未来へと戻ってきた。だが、お前が戻ってきたのは飛んできた位置にある7ではない」

7を○で囲み、1へ向けて矢印のアーチを描く。しかし1から伸ばした7へ向ける矢印に対しては、途中で×を書きこむ。それから7の続きに、新たな1234567を書く。その新しい1に、過去の1から矢印を伸ばす。

「こうなるわけだ。上書きではなく、付け足し。お前の記憶が残っている以上、過去はなくなったわけではない。改変ともまた違うな。1234567を変化させたのではなく、1234567……と続いているだけなんだ。ただ、お前以外が最初の1234567を知らないだけでな。当然だ、俺たちは最初の1234567を体験していないのだから。……ん、まぁ俺は間接的ではあるがその過去を知っていることになるな。お前からの伝聞ではあるが」

「ふむふむ」

「俺のタイムマシンはこうした概念に基づいて作成されている。だが最初の1234567に戻ることは不可能だ。あくまで、二度目の1234567の時間を行き来することしかできず、しかも過去へ行って戻ってこようとしても、また次の1234567へと飛んでしまうだろう。ある意味、片道切符しか発行できんわけだな」

早口で興奮気味の説明ではあるけど、概《おおむ》ね理解できる。僕が未来へ戻ってきて、今こうして知らない環境にあること。それが次の1234567にいる、ということだ。

「過去と未来はな、繋がっていないのさ。例えば、これからお前が過去に飛ぶとして。だが、そのお前と俺が出会う記憶はこの俺にないのだから。つまり、過去へ飛ぶという表現は適切じゃないな。過去と未来という表現そのものが間違っているのかも知れん。新しい時間に飛ぶ、と考えた方がいい」

黙っていると、本当に嬉々とした調子で饒舌《じょうぜつ》が続く。良くも悪くも科学者だよなぁ、とその興奮に対して呆れる。だけどそうした人間性も、なかなかに面白いものだ。

「あくまで時の流れに一喜一憂する人間から見たものだからな、過去、未来なんていうのは。ドーナツを縦にスライスしたとき、上と下の概念はない。時間もそうして、バラバラに存在しているのかも知れないな。あぁ、なんて興味深いんだ」

陶酔しているように天井を向き、身を悶《もだ》えさせている。熊のオッサンが。見るに堪《た》えない。

いつも通り、すぐ素に戻って背筋を伸ばし、淡々となるのが救いと言えた。

「よし、説明終わり。枕ぐらいは持っていくか？」

「いらねぇ。それより金をくれ。前回はそれで要らない苦労をした」

カビの温床みたいな古ぼけた枕を引っこめて、松平さんが唸《うな》る。

「軍資金か。生憎《あいにく》と金は底を尽きていてな」

「知ってる」

それどころか底を突き抜けて地面に埋もれているのも。年中金欠だろ。

「まぁじゃあ、餞別《せんべつ》の代わりにこいつを持っていけ」

枕と同じく、がらくたを積み上げたような一角からそれを取り出して、こちらに放ってくる。ビニールに包まれたそれを受け止めると、がさがさと音が鳴った。

お菓子の詰め合わせのようだった。

「なにこれ」

「しるこサンド」

「うん、そう書いてあるね。で、なにこれ」

「地元の銘菓だ。この間、大量に送られてきてな。人間、飯食えばなんとかなる」

「これで食いつなげって？」

「ようし外に出ろ。タイムマシンに乗りこめ」

軽快に無視してきた。無視しているという意識さえ感じられない。『話は解決した、さぁ次に行こう』とばかりに瑞々しい精気を纏っている。してねぇよ、解決。しるこサンドなる珍妙な菓子袋を抱えて、不承不承に外へ出る。せめてブロック状のなんとかメイトとか、あっちの方がマシなんじゃないだろうか。『クリムゾンの迷宮』だって最初はそういうの食べていたぞ。

「いた、いたたた」

車のカムフラージュに使っていた木々を退ける際、松平さんがしかめっ面になる。木の枝が腕に刺さったりしているようだ。誰もあんなオンボロ軽トラをタイムマシンなどと疑うはずないのだから、隠す意味ないと思う。でも、『やりたかったから』。

松平さんは胸を張ってそう答えることだろう。

「……あ？」

研究所の裏手に駐車して、今露《あら》わとなったその車を見て、目を疑う。

「なにこの外車」

軽トラではなかった。ナンバープレートもちゃんとくっついている。

「デロリアンを用意したかったんだが、中古業者にツテがないので難しかったんでな。似た車で妥協した。こいつは軽トラ型と違って普通に走ることもできるんだぞ、凄《すご》いだろ」

「普通を自慢されても、ってそうじゃなくて。金だよ、お金」

言っちゃあなんだがあんたは赤貧だ。助手に一円も払えない男だ。改造した軽トラだって明らかに廃棄品のリサイクルだったじゃないか。多分、剣崎さんあたりの。

この車も外見は中古品のようだが、こんなの落ちてはいないだろう。

「１２４３８７２１１」

松平さんが急に謎の数字を口にする。暗証番号みたいだが、聞き覚えがあった。

「お前に伝えて貰った魔法の番号だ」

あ、そうか。思い出した。マチは暗記していたが、僕が忘れていたやつだ。

「未来の松平さんが伝えてくれと頼んだ番号だね」

「そう。この番号、正確には1243080721O1なんだがな、口頭だし過去の俺が相手だから0を省いたんだろう。人に聞かれてもどこで区切れば分からんからというスパイ対策の理由も兼ねていたかもしれん。あの時代から数年後にロトシックスで的中するんだ。何年も同じ番号でやっていたんだが途中で一度、浮気してしまってな。それ以来、番号をコロコロ変えていた。俺はそれをきっと、何年経っても悔やんでいたんだろうなぁ」

「つまり、それで当てて金持ちになった？」

「そういうことだ。お陰で借金も返せた」

「借金？」

「この島に逃げてくる前の、研究費用その他諸々でな。払うアテがなかったから親戚宅に駆けこんで、いやぁ返済に苦労した、でも金はちゃんと返さないとな、うんうん」

笑い話で松平さんが締めようとする。だがちょっと待って欲しい、まさか。

「まさかさ、タイムマシンを作った理由って、それ？」

ニッと松平さんが笑う。その時を跨《また》いだ賭けに勝ったことを誇るように。

「人間、マメが一番だな。こつこつと努力したのが実ったわけだ」

「いやいや」

聞いたことねぇよ、そんな借金の返し方。エア狸《たぬき》の皮算用すぎる。

まさに科学バカ一代。というかクレイジーだ。狂気の沙汰ほど面白いというのを通り越している。

でもそれぐらいの発想ができないと、タイムマシンなんか作れないのかも知れない。

「さぁ乗れ。ただしトランクの中に」

意気揚々とトランクを叩く。ちょっと待て。

「なぜに」

「恐らくだが、お前一人だと完璧に過去に飛ぶことができない」

「どうして？」

「正確な日付に飛ぶことが難しいだろうな。さっき説明したことと関連あるが、お前に今回の過去を体験した記憶がないからだ。気軽にリトライができない以上、正確さは大事だと思わんか」

「理屈は分かったよ。でもそれと、トランクの中に入ることのなにが関係あるんだ？」

松平さんは少し言い淀む。返事はどこか噛み合わず、一方的だった。

「そのための『用意』もしてある。俺を信じてトランクに入っておけ」

「……意外と不便だね、このタイムマシン」

こちらも噛み合わない感想を述べる。と、松平さんがニヤリと笑った。

「完璧なやつがいいのか？　じゃあまず、このタイムマシンで未来へぶっ飛んで貰おうか。そうすれば三十年後ぐらいには俺が完璧なやつを仕上げているだろうから、そいつで戻ってくればいいわけだ。ただ、未来と過去が一方通行でないとするなら、未来を変えることで過去が変わることもあり得るから、勧めはしないぞ」

「冗談だよ。こいつで十分すぎる」

そしてあんたのことも、信じてはいるのだ。胡散臭《うさんくさ》くも偉大な博士だからな。

トランクを開き、中に乗りこむ。最初から積まれているジョッキとスパナを枕にするのは難しいので、膝を抱いて丸まった。なんとかサンドの袋も横に置く。奥には古い紙の束が纏めてある。端にメモされた日付とタイトルを確認してそれの意味を理解し、気遣いに感謝した。

身を固くして、トランクの蓋《ふた》が閉じるのを待った。

けれど、一向に閉じる気配がない。光を遮る様子がないので、振り向く。

蓋に手をかけることもなく、松平さんが腕組みしている。

僕を観察でもするように、ジッと見つめてくる。

「まだなにか?」

「うむ」

頷いた後、一拍置いて松平さんが妙な話を始める。

「捕鯨の反対している連中って、偶《たま》にニュースになるだろ。あれ、そこまで間違ってもいないと思うんだよな」

「え? なんの話?」

トランクの端に腕を置いて身体を半分起こしながら、眉を寄せる。

「まぁ聞け。連中の主張が正しいとか、そういうわけじゃない。鯨カツ好きだしな」

松平さんが急に、脈絡のない話を始めた。ハッカパイプを口もとで揺らしながら。

「あれが単に鯨保護の話でないことも分かってる。大事なのはその建前としての主張であっても、鯨は賢いから殺すなとか、まぁそういうわけだろ。鯨が好きだから殺すな、っていうやつも何人かはいるんじゃないか? その考えは別にいいと思うわけだ」

「は、はぁ?」

「本当に鯨が好きで仕方ないなら、命は平等じゃない。牛肉食って鯨は食うな、という主張も的外れじゃない。大事にしたいものを、大事にする。それだけのことだ」

僕に言い聞かせるように、諭すように。普段は温度を伴わないその舌の動きと声に、微かな熱を感じ取る。松平さんもそれを自覚してか、口もとを手で覆って身体を引く。そのまま、続きがありそうなのに口を噤んでしまう。

「……ええと、それで？」

「ん、それだけだと言っただろ。別に鯨の部分が豚や犬、人間に置き換わっても構わんということだな」

最後に思わせぶりに、『人間』というたとえをあげて。

僕はこの時、松平さんがどうしてそんな話をしたのか思いを馳《は》せることができなかった。

それが分かるのは奇妙なことに未来でなく、九年前なのだ。

松平さんが僕を見下ろし、ほんの少し大人びた笑顔を浮かべる。

「お前とこの俺はもう、会うことがない。短い付き合いだったが、達者でな」

「あ……」

そうか。僕が以前の松平さんとはもう出会えないように。この松平さんとも、過去から戻ってきたら出会えない。これは別離の旅でもあるのだ。前回はそんな自覚もなく飛んだけれど、今度はたとえ短い時間であったとしても、思うところがあった。

身体をしっかりと起こす。餞別に貰ったビニール袋を掲げて、こちらも笑顔で応えた。

「ありがとう、博士」

「それ唾でふやかして食べると意外に美味いぞ」

そっちじゃねえよ。

松平さんも分かって茶化したようで、肩を揺らしている。どこか本気になりきれない、こんな別離が僕とこの人には似合いなのかも知れない。

「あぁそれと、強く願うことは忘れるな。お前が一番、飛びたい時代を思えよ」

「分かってる」

返事をしてからまた横たわり、膝を曲げて肩を抱く。そうすると、今度こそトランクの蓋が閉じられた。島の誰よりも早く、夜を迎える。だけどこの深い夜が過ぎ去った後の夜明けに。

僕は、未来を掴みに行く。

トランクの蓋を二回、小突く音が聞こえてきた。それに返事をしようと、内側から車を叩く。更なる返事はなく、車から人の離れていく気配があった。

軽トラと仕様が大差ないなら、このタイムマシンには運転手が必要だ。恐らく、僕はここでそいつの到着を待っている。いつ来るのか。苛々する。一分、一秒でも早く、マチが生きている時間へと旅立ちたかった。
祖母ちゃんとの別れをもっと、しっかり済ませておくべきだった。
この世界への未練は、それぐらいだ。
他にはなにもない。マチと比べれば、すべてはこの暗闇の底に沈む。
居心地の悪いトランクの闇の中で肩を抱きながら、その瞬間を待ち侘《わ》びる。
僕が再び、過去へ飛び立つその時を。
決意は胸に一つ。
どんな時も、彼女のために。

# 七章　『四輪駆動』

ヤガミカズヒコという名前に聞き覚えがあった。あったどころか、頭の後ろを戦慄《せんりつ》のようなものが走り抜ける。その名前と関連した過去が、フィルムを再生するように蘇《よみがえ》る。断片的に、印象深い光景が次々に浮かんでは、確かめる前に消えてしまう。

屈んでいた膝を急に伸ばそうとして、前のめりに倒れそうになる。咄嗟《とっさ》に地面に手を突くと、尖《とが》った石が付け根にめり込む。その熱と血の滲むような痛みに思わず顔をしかめた。堪えていた涙が、シャボン玉でも割れるように溢れ出す。

こぼれた涙は粒が大きく、生暖いを通り越して熱かった。目玉が煮えるようで、噴きこぼれた涙が頬を伝うと肌との温度差に鳥肌が立った。

身を案じるように中腰になっているニアの母親を見上げて、強く尋ねる。

「どこにいるんですか？　その、ヤガミカズヒコは」

「どこに？」

「島に住んでいる、んですよね」

そう聞き直すとニアの母親が頷く。その後すぐ、自信のない顔つきになった。

「でも、どこに住んでいるのかしら。あんまり見かけないけど」

謎の男に相応《ふさわ》しく、神出鬼没を気取っているようだ。でも島にいるのは確かなのだ。

そいつに、会ってみたい。ニアの墓に花を添えるその男には、絶対になにかある。

だってそんなやつは、わたしが知ってる以前の島にはいなかったはずなのだから。

「ヤガミって、本名なんですか？」

「本人がそう名乗っているのだから、そうだと思うけど……どうしたの？　ヤガミさんと初対面でもないのに」

ニアの母親がまた別の理由で不安がる。いえ初対面に等しいですとこちらの都合を語ったところで薄気味悪がられるだけなので、「いえ、ちょっと」と言葉を濁した。

石の突き刺さった箇所を押さえながら立ち上がる。地面についていた膝を払い、涙を拭った。こんなに簡単に泣いてしまう自分は、わたしじゃない。

車いすに座って生きてきたわたしとは、別人なんだ。

「慌ただしくてすいませんけど、これで失礼します」

ニアの母親に頭を下げる。これ以上、空っぽの墓の前で項垂れても仕方ない。

島中を巡ってヤガミカズヒコを探し出す。そして……そして。なにを問えばいいのか、見当もつかない。でも他に、わたしの疑問に応えてくれる人はいない気がした。

松平貴弘に話を聞いてもいいのだけれど、研究所が消失していることが言いようのない不審を抱かせていた。この島から、あの熊男がいなくなっているような気がして。

「また気が向いたらでいいから。来てあげてね」

「……はい」

返事こそしたものの、そんな気はなかった。

ニアはどうして死んだのか。

死ぬ理由がどこにあったのか。

納得するまでは、ここを訪れることはできない。

扉を開く音と衝撃が、トランクにも伝わってきた。瞑っていた目を開き、乾いた下唇を舌で湿らせる。松平さんの言う『用意』が整ったのだろうか。表の方から、車の中を弄るような音が続いている。飛ぶための準備だろうか。

複数の声がする。松平さんに加えて、二人。男と女が各自一人ずつ。若い声で、和気あいあいとはいっていないようだ。特に女の方の声が刺々しい。まるで僕とマチの間柄のようだった。

唇を噛んでいると、いきなりトランクが開かれた。何事かと思って顔を上げると松平さんがいた。その手にはなぜか、車いすがある。折り畳んで、僕の隣に詰めこんできた。トランク内を覗くような素振りで僕に顔を近寄せて、小声で助言してくる。

「過去に着いたら、気づかれる前に抜け出せよ」

なんの話だと目で問う前にトランクを閉じられた。だが完全に閉じきることはなく、僅かに開いていた。僕は一層窮屈になったトランクの中で、青い車いすに噛みついた。気づかれる前、ということは僕が同乗していることは、運転席側にいるやつらは知らないということだ。そりゃそうか、伊達にトランクで転がってないぞ。なぜ知らせないのだろう、僕が過去で活動しやすいためか？　それともあの人のことだから、『秘密の方が面白い』とでも考えているだけかも。多分、後者だと思う。

車いすということは、もしかして先程見かけた裏袋か？　あいつがタイムマシンに搭乗、乗車？　しているのかもしれない。猿ぐつわのように口を塞ぐそれをいくら噛んでも、マチを想起する味は出てこない。そりゃあ、そうだろうな。

さぁ乗れだのなんだの、松平さんの陽気な声が聞こえてくる。演技だろうか。

準備が終わったのか、車の扉を閉じる音が二つ続いた。運転席と、助手席側だ。やはり二人が乗りこむらしい。裏袋と、知らない誰か。まさか松平さんではないだろう。

あの人は以前から、開発には情熱を傾けたが、自身がタイムマシンに乗ることは否定していた。理由はこうだ。

『過去で世界を変えると未来がどうなるか、滅茶苦茶な実験を始めてしまいそうだからな。見境と抑制がつかなくなりそうだから、俺は過去へ行かない』

聞いていた当時は三ヶ月に一度の割合で実験に失敗していたから、捕らぬ狸のなんとやらと笑い話で流していた。今となって、その信念が生きてくるとは思わなかった。

ここまで自分の夢を叶えた人を、僕は他に知らない。

車のエンジンがかかる。乗り心地最低のトランクの四方が震える。斬新な感覚だ。そういえば『バック・トゥ・ザ・フューチャー』にも似たような場面があったなと、震えと共に記憶が蘇る。通して三十回は観た。僕もあんな活劇の主人公になってみたい。

昔の夢が叶った先にあったのが悪夢だとは、禍福はあざなえる縄のごとしだ。いつ始動して、過去へと飛ぶのか。車内の連中より早く察して動かないといけない。こっちは既に一度体験しているのだ、過去へ下り立つそのときを見逃してたまるか。

車内の震えが強まる。僕の手のひらもそれに応じたようにびくびく、鳴動している。握りこぶしを二つ作って、緊張を飼い慣らす。往復で時間旅行を体験しながら尚、信じきれない。過去へ行くなんて。誰かの見ている夢か、物語の類ではないかと疑ってしまう。だけどその夢に呑《の》みこまれてマチが消えたというのなら、僕はなにを切り開いてでも、その手を摑みに向かう。

マチの顔を強く思い浮かべる。昔のマチ、今のマチ。両方の顔が混在し、別々の思い出を描く。その顔のもとへ。その笑顔のもとへ。僕は思いと、身体を馳せる。

そして、あの衝撃が再び訪れる。

前方から来る、身体を押しつける謎の衝撃。そして爆発したような鈍い音と光。身体と車いすが狭いトランクの中でバウンドする。強く腰の骨を打ち、その痛みで僕は過去への跳躍を理解した。

謎の押しつけから解放された直後、すぐ動き出す。ふらつく頭を振って、トランクを押し開ける。恐らく車内の連中はまだ混乱しているはず。トランクの隙間から抜け出して、這いずるように外へ出る。そのまま受け身を取りつつ地面を転がった。周囲を窺《うかが》うと、木々のうごめく竹林めいた景色が広がっている。島の東側、研究所付近だ。

トランクに手を突っ込み、しるこサンドと奥の紙の束を回収してから、中腰で離脱する。正面の林に飛びこみ、木の枝に幾度か額をぶつけながら自然に紛れた。

林の中で前転して、何度も転びながら最後は地面に突っ伏す。頭の上に乗ってきたコオロギを手で払ってから、軋《きし》む身体を起こした。車のある方向を睨むけれど、大騒ぎのようなものは聞こえてこない。乗員を確認し忘れたのは失敗だったかな。

だけど、会わないのは正解だと思う。他にも時間旅行者がいると知らせることは、行動に制限がかかりかねない。事態を把握するまでは静観しておくのが無難だな。

まずは松平さんを探そう。今がいつなのか、正確に理解する必要がある。一刻も早くマチを見つけることも考えたけど、空模様を眺めて優先順位を入れ替えた。

マチが二週間後に死んだという情報から、おおよそ、その日は特定できた。島に訪れた嵐の日だろう。となればピーカンである今日、その事件が起きる可能性は低い。本当にまた過去に飛べたのかも含めて、松平さんとの問答が必要だった。

林の中で周囲を見渡し、どちらに行くべきかを推察する。振り向いて島の中央の山を探し、木々の奥にその情景を一瞬、目に映した。とするなら、右側へ走るのが正解だ。そっちに松平さんの研究所と発電所がある。そこにいないなら前田《まえだ》さんの家だろう。両手に握ったビニール袋の中身と紙の束をガサガサいわせながら、全力で駆け出した。

木の幹を避けきれずに二回ほど頭突きをかまして首から上が軽くなった頃、景色が変化する。林から覗けるそこにあるものが視界を埋め尽くした瞬間、思わず立ち止まってしまった。

研究所の残骸の前にはあの軽トラ、初代タイムマシンがあって、今まさに未来へと飛び立つ瞬間だった。若い松平さんも側に立っている、本物だ。

日付と年代が一瞬で特定できてしまった。この日ならマチが生きている。その安堵と同時に、やるせないものがこみ上げてくる。

僕が強く、マチの笑顔を望んだからこの瞬間へと下り立ったのだろうか。あの軽トラの助手席にマチがいる。運転席に僕もいる。それを踏まえても思わず飛び出して、助手席の窓を覗きこみたかった。足は、もどかしくも全力で動こうとする。

だけど僕は間に合うことなく、軽トラは発進してしまう。

軽トラは爆音のようなものをその場に残して、一瞬で掻き消えてしまった。

タイムマシンの発進直後を目撃するのはこれが初めてで、喪失感と共にその余韻に浸る。一方、松平さんは独りで盛り上がっている。「スゲー！　俺スゲー！　げひゃはははは！」と自身の未来の功績を目の当たりにして飛び跳ねていた。

「……おいおい」

タイムマシンを送り出した直後の博士に、未来からやってきた僕が駆け寄る。

非常に既視感のある状況だった。まさかこれを狙って僕を送り出したんじゃないだろうな、と九年後の松平さんに懐疑的な目を向けながら、その背中に迫る。

「お取り込み中失礼しゃーっす」

幅の広い肩を叩くと、若かりし松平貴弘が「ん？」と振り返った。

「…………………………」

固まってしまう。振り向く。軽トラは当然ない。僕に振り返る。寄り目になる。汗がぽつぽつと、漫画みたいに額に浮き上がる。そこでようやく、口を開いた。

「どうしてお前がいるんだ」

「そりゃ、また戻ってきたからさ」

松平さんがまた固まる。それから、明後日の方向やら昨日の方向を向き出した。首だけを伸ばした仕草が、左右を見渡す熊を彷彿《ほうふつ》とさせる。

「なんだ、part3でも始まるのか？　西部時代まで飛ぶタイムマシンはどこにある、任せておけ修理してやろう」

「あんたがそういう方向を期待するのは分かるよ。でもキョロキョロすんな、ねぇから。落ち着いたら僕の話を聞いてくれ」

頬を両手で挟んで首振りを抑制する。松平さんはすぐその手を振り払い、乱れた前髪を掻き上げる。整髪を怠り、よれた髪はすぐにまた乱れて撥《は》ねる。

「最初から落ち着いてはいる。反面、お前の言い分にガッカリもしたが」

「っと、立ち話もマズイか。取り敢えず前田さんの家へ行こう」

一緒にやってきた連中も恐らく、松平さんに会うことを考えるからな。前田さんの家なら時間を稼ぐことはできるはず。接触される前に、こっちの事情を説明しないと。

松平さんの腕を引いて、時計回りに前田家を目指す。逆の船着き場前を経由する方向からだと、途中でタイムマシンに鉢合わせてしまう。乗ってきた片割れが裏袋だとするなら、僕の顔も当然知っている。晒さない方が不審を抱かれないのは、なんとなく察した。それが本当にマズイことなのかは、よく分からないけれど。

「おい事情を説明しろ。かなり感動的に別れたから、すぐ会うと気まずいぞ」

「マチが死んでいた、助けに来た、さぁがんばろうぜ」

用件の骨組みだけ放り投げると、松平さんが「ほぅ？」と微かに関心を示す。

「お、しるこサンドじゃないか。懐かしいもの持ってるな」

でも僕の握りしめている袋の方が興味津々《しんしん》らしい。おい科学者、それでいいのか。

「それ唾でふやかすと美味いぞ」

「ありがとう、知ってる」

だから、それでいいのか。未来のあんた、まるで成長してねーから。

共同墓地から回りこみ、神社の表側へ出たところで一息つく。祭りの前以外は誰も手入れしていない、寂れた神社に人気はない。ヤガミカズヒコがここに住み着いているような形跡はなかった。ここは宿泊施設のない島だから、居場所は限られている。神社に祈ったところでニアは生き返らない。すぐに次の場所へ向かうことにした。目指したのは発電所。人気のないあそこに住めるのは体験済みだ。そこにもいないのならヤガミカズヒコは、誰かの家に世話になっているということでいいと思う。

神社の階段を駆け下りることができて、その爽快さに一瞬酔う。坂道の多い島では車いすに苦労がつきまとう。坂道を上ろうとしたら派手に後転して、散々な目に遭ったこともある。今はその悩みと無縁に、当たり前のように段差を下ったのだ。

その忘れていた気持ちよさに、思わず振り返ってしまう。

立ってみれば、なんてことのない高さ。

車いすだと、ずっと見上げていた階段。

たんたんと。膝を上げて、何度か地面を踏む。すばらしい。

こいつは、とんでもないものだ。

ニアが死んで、暗くなりきらないといけないはずなのに、顔がほころぶ。思わずそのまま島を一周したくなるぐらいだった。いけない、と首を横に振る。

目的を見失いかけている自分を戒めて、発電所へ走った。

今ならいくらでも息切れせずに走れそうで、気と共に身体も急いてしまう。腕と足が連動して動き、地面を蹴って加速する。その工程のすべてが鋭敏に感じ取れて愛しい。どれだけ諦めても、認めても。やっぱり、こうやって走る夢は捨てられなかった。

坂道を駆け上がり、駆け下り。起伏の激しい島を巡る途中、一度立ち止まる。肩で息をしながら、本来は松平貴弘の研究所があったそこに目をやる。なにもない。残骸さえ片づけられている。看板が地面に突き刺さっていた形跡も消えているということは、大分時間が経っているはずだ。数ヶ月ではなくそれこそ、何年間も。

当然のように、タイムマシンも置いていない。もしあったら、わたしは乗っただろうか。ニアを救いに再び、過去へ飛ぶのだ。そしてなにもかも、元通りに、

「……元、って」

わたしの足も？　また車いすに逆戻り？

そもそもどうして、今のわたしは歩いているのだろう。

ぎくりとする。その想像が腰から下へと水滴のように伝う。

もしニアがいないから、わたしの足が無事だったとしたら。

そしてニアを選んでまた歩けなくなったとき。

わたしは、ニアを恨まずに生きていけるだろうか。

その答えを出すことを恐れて、また走り出す。地面に転がっていた枝を踏みしめて折ると、その破片が胸に刺さるようだった。なにか埋まっているように、心臓が痛い。

無理だと知っていた。必ず恨むと分かっていた。

だって車いすに座っていたわたしはずっと、ニアを恨んでいたのだから。

粘っこい汗の感触を振り切るように走り抜けて、発電所に飛びこむ。剝き出しの機械と石垣が苔《こけ》に覆われて、道の線を失った地面をひた走る。どこまでも走れそうな気分に陰りが生じると同時に、膝の裏が不安定に陥る。かくかくと、頼りない。

わたしたちが仮住まいに使っていた事務所の戸に手をかける。中を覗いてもヤガミカズヒコの姿はない。ガラスに背景と共に薄く映る、わたしの上気した顔があるだけだ。息が荒く、酷い顔になっている。泣きすぎてか、目の周りが腫《は》れていた。

その顔を見るのが嫌で戸を開く。転がるジュースの缶は風化して原形を失い、壁に立てかけてある古ぼけたツルハシは持ったらすぐ折れそうだった。人の入りこんだ形跡は、ほとんどない。幽霊探しに子供だけでやってきたときも、こんなところにはなんの興味も抱かなかった。この部屋には生活の匂いが微かにあり、そんなところに幽霊は現れないだろうと、子供心に考えていた覚えがある。今とは真逆だ。

今のわたしは、明るいものに群がる虫のように、その匂いを嗅ぎ取っていた。

中にはわたしとニアの生活の跡があった。仮眠用の毛布のいい加減な畳み方に、ニアを見る。九年間もそのままで、積もった埃を手で払うと綿毛のように宙を舞った。

舞い上がる埃をぼんやりと、目で追う。薄暗い中では、灰のようでもある。摑もうと手を伸ばして、握りしめる。摑めたのか、感触がなくて分からない。

見えない風の流れを教えるように、埃が一定の流れに沿って踊る。

ここにも、ヤガミカズヒコはいない。

発電所も空振りで、行くアテを失ったわたしは途方に暮れる。

不安の種を刈り取る救世主か、それとも更なる災厄を招く疫病神か。

島に伝わる神様の伝承のように、『そこ』にありながら、浮遊するもの。

ヤガミカズヒコとは、何者なんだろう。


「おぉ、ヤガミさんじゃん」

「……は？」

前田家の前田さん（下の名前忘れた）と出会い頭、そんな名前で呼ばれた。

制服と日焼け跡に外見の塗り固まった前田さんは、僕に向けて意味ありげな笑顔を向けてくる。一応親戚であるところの松平さんにはさして注目をくれない。

それはともかく、ヤガミさんって誰？

「……あ、僕か」

本名を名乗るわけにもいかないから、偽名を使ったのだった。咄嗟に出たのが、ボケた祖母によく間違われた『ヤガミさん』だったのだ。でもそれが前田さんにまで広まっているのはどういうわけだろう。どこ経由だ。

「今日帰るって話だったけど、船に間に合わなかったの？」

好意を隠さず、人当たりの良い笑顔で僕を覗きこんでくる。その視線から逃げることも含めて松平さんの顔を窺うと、「おぅ」と鷹揚《おうよう》に頷いた。

「俺が話した。色々と聞いてきたからな」

「あ、そ。うん、船に乗り遅れた」

ということにしておこう。しばらく島に滞在するということは黙っておいた。

狭い島で、大した噂話《うわさばなし》もない。海女さんが大きい伊勢エビを捕ってきたことが一番大きな話題になる平和な場所だからな。外の人間が島に留まっていることも、すぐ噂として流れるだろう。それが僕と同じく未来からやってきた連中に伝わるのを避けた。

あいつらはどうするのやら。そもそもどうして、タイムマシンに乗りこむ羽目となったのだろう。なにか今回の件について関係しているのだろうか。

……そうか。僕が祖母の畑仕事を手伝っているなら、松平さんのところで助手の真似事をやっていないのかも知れない。代わりに雇われたのが、一緒に来た連中なのか。

「寝坊かな？　よくあるよくある。で、家で時間つぶし？」

「そういうことだ。ほれ、通してくれ」

玄関の前に立つ前田さんを、松平さんが押し退ける。前田さんはそのぞんざいな扱いに「ごく、つぶ、しー」と区切って揶揄《やゆ》する。当然、松平さんは無反応だ。

「お邪魔します」と、そのやり取りの隙を窺って前田家に上がった。松平さんを追っていくと居間を通り、縁側に出る。日溜まりを好む猫のようにその場所を選び、松平さんが座りこむ。僕はその隣にあぐらをかき、ほんの少しの間、日光浴に興じた。

落ち着くと、木の幹に打ちつけた額が自己主張を強める。触れるともうコブになっていた。地方の島ではあるが鬼の伝承はない。コブ取りを狙って山の中を歩き回ったところで成果は得られないだろう。ぷっくりと膨れたそれに爪跡をつけてから、手を離す。

「汚い背中だな」

松平さんの大きな手のひらが、僕の背中を払う。掃くように何度か上下した。

「が、随分とでかくなるもんだな。たった九年で」

「九年がたったかい?」

タイムマシンで『たった』九年を行き交っている僕が、敢えてそんなことを口にしてみる。

「少年は青年になれるが、おっさんは九年経ってもおっさんだからな」

一緒の感覚で扱うな、とまだ二十代であるはずの松平さんが指を突きつけてくる。そんなものだろうか。おっさん心理なんか、できれば一生分かりたくないねぇと無茶なことを願いつつ、さてと。本題に入ろう。

「そろそろ話していいかな」

「待ちくたびれたぞ。お前がロクに説明もせずこんなところまで連れてくるからな、疑問と欲求の不満が溜まってしょうがない」

こんなとこたぁご挨拶、と居間の方から前田さんの声が聞こえてくる。その前田さんを意識して、声を潜めて説明を始めた。聞かれても鵜呑《うの》みにするとは思えないが、僕への信用の方は失う恐れがある。島内を動きづらくしないよう努めねばならない。

　未来から再びやってきた理由を掻い摘《つま》んで説明すると、松平さんは腕組みをしたま
ま、相づちは「ふんふん」だけ。段々と不安になってくる。

「聞いてる？」

「勿論だ。このままだとジェニファーことマチが死ぬわけだな」

　もう誰だよそれ。本名まで忘れそうになる。

「そう。それを防ぎたい、救いたいんだ」

　だから僕はこの時代に戻ってきた。マチが死亡するのはこの日から約二週間後なの
で、かえって都合がいい時期に飛べたかも知れない。余裕を持って行動できる。

「本来は九年後まで死んでいないやつに出会った以上、お前達の行動になにか問題が
あったと考えるのが妥当だな」

「それは、そうかも知れない」

　僕がマチとの仲を取り戻そうと、変えようとしてその結果、こうなった可能性も大
いにある。責任は誰にあるのか分からない、けど。

「でもこの際どうでもいい」

　だから松平さんを恨むこともない。過去へ来て、なにも得なかったわけではないし。

「ま、お前にとってはそうなるか。俺としては因果関係の方にも興味あるがな」

これがこうなって、とあやとりのような手つきで指を遊ばせる。僕だって他人事なら、そういうので盛り上がる嗜好《しこう》ではある。

松平さんがビニール袋を勝手に開けて、しるこサンドを取り出す。小さな袋がビニールの中にいっぱいに詰まっている。その袋を破って出てきたのは、茶色い長方形のビスケットだった。外見では、どこにしるこが関係しているのか分からない。

「で、死因はなんだ？」

「海難事故の類って言ってた。多分、こいつを読めば分かると思う」

トランクから持ち出した紙の束を目と水平の高さに掲げる。しるこサンドを齧《かじ》りながら、松平さんが一緒に覗きこむ。振り返り、前田さんが居間から離れたことを確認してから、声を潜めるのはそのままに言う。

「未来の松平さんが、マチの死について纏めたもの」

一番上の用紙にそう記してある。右上がホッチキスで閉じられていた。

一枚目を捲《めく》ると、簡潔に死因が書き連ねてあった。

「嵐の日に船に乗って転覆、溺死？　随分と無謀な死に方だな」

松平さんが眉をひそめる。僕も同意を示す。

「まったくだね。当時のマチでも、それぐらいの分別はついたと思うけど」

「いやぁどうかな。きみたちのアホは相当だから」

うるせぇ。そこまで言い切られると自信なくなるだろうが。

「というかだな、また嵐が来るのか。もう研究所の残骸まで吹っ飛びそうだぞ」

わはははと口だけ松平さんが笑う。今日再建を始めたばかりだったから、知ったのは不幸中の幸いじゃなかろうか。無駄なことをせずに済んだのだ。

もっとも、無駄かどうかは本人が決めることだけど。

「で、二枚目は……なんだこれ」

図面のようだった。精巧な機械のラフが鉛筆で描かれている。注意書きが山のようにくっついていて、どれも松平さんの癖字だった。

「タイムマシン装置の図面じゃないか、これ」

覗きこむ松平さんが、しるこサンドを飲みこみながら言う。

「分かるの？」

「自分の字のようだからな、それなりに。ふむ」

松平さんが手を伸ばし、二枚目も捲る。三枚目は人の名前と住所が連なっている。

「今度は？」

「借金取りの名前一覧」

「……どんどんとマチから遠ざかっていくね」

「どうも、普段のメモ書きの一番上にくっつけただけのようだな」

「……思わせぶりなことを」

詳細な報告書とか、そういうのじゃないのかよ。

「そんなにいっぱい、なにを書くことがある」

未来の自分を代弁するように松平さんが言う。

「島の事件など新聞にも載らんし、書きようがないと思うが」

「そうだけど。マチのその日の詳細とか」

「そんなもん調べようがない。お前の方がまだ知っているんじゃないか？」

松平さんは僕とマチが喧嘩《けんか》し、仲違いしたことを知らないからお気楽に言ってくれる。もっとも知っていても、そうした態度は変わらないだろう。松平さんは、人のなにを見て接しているのか分からない男なのだ。

「マチと船がどう関係してくるんだろうな」

「さっぱり。あいつ、船に興味なんかあったのかな」

僕だってマチのことを全部知っているわけじゃない。

「ところで乗ってきたタイムマシンはどうした。放ってあるのか」

「多分。僕の他に乗ってきたやつらが移動させてないなら」

「あん？　他にもいるのか」

　そうか、その話もしておかないと。

「僕以外にやってきたのは二人。恐らくだけど、タイムトラベルは初体験。僕の存在も知らないはず。じきに松平さんの元を訪ねてくるんじゃないかな」

「ほぅ。俺はどうした方がいいんだ？」

「僕とマチのことは黙っていて。それ以外は特に」

「ん、分かった」

　二個目のしるこサンドを口の中でふやかしながら、松平さんが頷いた。このしるこサンドは僕の備蓄なのに。あぐらの上に頬杖《ほおづえ》を突いて、松平さんが息を吐く。

「またあの軽トラが帰ってきたのか。送り出したばかりなのに」

「いや。小金持ちになったから調子に乗って外車に変えたよ」

　庭のブロック塀から、僕へと横目を向ける。

「俺に車を買う金があるということは、あの番号も本物か」

「借金も各位に返しておくように」

「いやーお恥ずかしい」

顎がカクカクと義務的に動いている。羞恥心など持ち合わせていないくせに。

「しかし具体的にはどう助けるつもりだ。転覆する予定の船でもぶっ壊すか？」

「それも悪くないな」

まず思いつくのはそれだった。思いっきり犯罪だけど。その次の策も犯罪だ。

「最悪、その死ぬ日の前後数日間は軟禁してでも防ぐ。それぐらいの覚悟」

「人助けとは思いがたい決意だな」

皮肉げに笑われた。僕もそう思う。多分これは、人助けとは言い難い。

マチを助けてなにもかも元通り、とはいかないだろうから。また歯車が一つずれるだけだ。その影響で誰かが傷つくとしたら、僕のやっていることは善行じゃない。

そしてそれが躊躇《ためら》う原因になるほど、僕自身が高潔な善人ではなかった。

少しの間、口を噤んで目を瞑る。十月の庭先は午前中でも虫が鳴いている。空気は澄んで、日差しのない場所にいると少し肌寒い。布団に潜りこみたくなる。

その誘惑を払い除けて、目を開く。話すことも思いつかなかったので、お暇《いとま》することにした。

「島を回ってくるよ。船着き場も見ておきたいし」

「そうか。なにかあったらまた来い」

　立ち上がる。それからビニール袋を回収しようとしたら、松平さんの手が咄嗟に反対側を掴んできた。袋をつかみ合ったまま、暫し見つめ合う。

「あのぉ」

「これ、俺への土産じゃなかったのか？」

「未来のあんたが僕に渡した餞別だよ」

「なんだ。勝手に食って悪かったな」

　などと言いつつ手放さない。中身を三分の一ほど渡したら、手を離した。しるこサンドで協力を取りつけられるなら、かえって安いものか。

「物々交換だ、いいものをやろう」

　松平さんが白衣の内側を漁《あさ》り、眼鏡のようなものを差し出してくる。受け取ってから、その茶色いレンズが眼鏡と似て非なるものであると気づく。

「サングラス？」

「変装用だ。よく分からんが、一緒に来た連中に顔を明かさない方がいいんだろう？　だったらそいつの出番じゃないか」

　なるほど。確かに変装は大事だ。だがこのサングラス、デザインがまず怪しい。レンズが丸型で、B級映画の香港《ホンコン》マフィアがかけていそうなやつだ。それと汚い。

なにはともあれ装着してみた。ツルを指で押さえながら、感想を尋ねてみる。

「余計に胡散臭くない？」

「うむ、バッチリだな」

変装がバッチリなのか、バッチリ胡散臭いのか、どっちだ。

「ついでにこれ貰っていいか。どうせこいつ以外、お前には不要だろ」

メモ書きの束を揺らす。紙の羽ばたく音が虫の鳴き声をかき消した。一番上の用紙だけを剝ぎ取り、僕に投げてくる。薄っぺらい紙を両手で挟んで受け止める。

「裏面は白紙だからな、メモ帳代わりに使えそうだ」

「いいけどさ、別に」

そうは言ったものの、いいのか？　とあとで首を傾げる。未来に作るはずのタイムマシンの設計図をこの段階で知ってしまうのは、大丈夫なのだろうか。また余計なことをして未来を変えてしまっても困る。悩んだが、答えを知らない以上は諦めた。

それとメモ用紙との物々交換は発生しなかった。どういう価値観なんだ。

縁側から引っ込んで居間に戻る。前田さんに挨拶しておこうと探したけれど見当たらない。自室にいるのなら、無理をして挨拶しなくてもいいかと玄関へ向かった。

しかしあの人は変わらず自由奔放だな。学校はどうしたんだろう。そう疑問に思うついでに、居間の棚にあった時計を何の気なしに眺めて、その時間に気づく。時計は二時過ぎを示していた。僕が未来で出発したのは朝早くだったのに。……そういえば、僕が過去から戻ったのを目撃したんだった。あの出発時刻はなんやかんやとあって二時過ぎだった。それなら今がこの時間なのは当然か。

それでも、前田さんが帰ってくるのはどうにも早すぎるけれど。

靴を履いてから「お邪魔しました」と廊下に頭を下げて、前田家を後にした。

あの過去が続いているとするなら、小さな僕とマチは喧嘩した直後か。

僕がその喧嘩に介入したことで、マチは死んでしまったのだろうか。

「……………………」

島を巡り、マチに会いに行こうと思った。

今は殴られても邪険に扱われても、目の前にいてくれればそれでいい。

埃っぽい空気の蔓延する発電所から離れて、わたしの足は自動的だった。頭は乱れて考えが纏まらず、機能していない。目的もなく、勝手に歩いている状態だった。

それがなにかに引き寄せられているというなら、まだいい。でもそんな都合良くはいかない。わたしを導くものはなににもないのだ。ヤガミカズヒコにはいくら探しても出会えないような、そんな気になっていた。

共同墓地にずっと張りこんでいれば、いつか姿を見せるかも知れない。だけどニアの墓を前にして一日中過ごすなんて、とてもできそうにない。それにヤガミカズヒコと出会えても、本当に疑問が全部解決するのかも分からないのだ。世間はわたしの母親ではない。なんでも答えて貰えると期待しない方が賢明だった。

足は時計回りに島を行き、小学校の校舎が見えてくる。子供のはしゃぐ声は断片的にも聞こえてこない。休みなのかと考えたけど、単に子供の数に比例して元気な声が少ないだけかも知れない。島の子供の数は年々減少して、わたしの時代には同級生が四、五人いたけれど現在は全校生徒が五、六人という有様だ。島民の平均年齢を算出したら、驚愕の数字が出ると思う。この島は人と共に老いすぎた。

小学校の門の前へ来て、そこで足の自動化が終わる。門に寄り添い、狭い校庭をぼんやりと眺める。九年前に死んだのなら、ニアは小学校も卒業していないことになる。無念だろうか。死後、魂というものがあるなら、それはこの島のどこにいるのだろう。勝手に入ったら怒られると思いつつも、ふらふら、小学校の中を歩く。回り終えて、今にも倒れそうな独楽《こま》のように意識が揺らいでいる。目も一緒に回って落ち着かない。

墓の下から蘇ったばかりの死体みたいにのっそり歩いていると、「こらっ」とすぐ怒られた。声をかけられた方向に目をやると、学校の先生が下駄箱の方から走ってくる。

「あ、玻璃《はり》先生だ」

小学校のときの担任だった。担任もなにもクラスは一つしかないし、学校の先生だって三人ぐらいしかいなかったけど。相手もわたしの顔を覚えているみたいで、多少の親しみを込めた呆れ顔になっている。顔のシワ増えたなぁ、先生。

「先生だ、じゃない。なにを堂々と入ってきてる」

わたしの頭を軽く小突いてくる。首を竦めて、なんでだろうと自分でも不思議がる。

「なんとなく」

「卒業生だからって平日の学校をうろつくな。大学はどうした」

先生が苦言をこぼしながらも、世間話を振ってくる。いつもかけていた縁の黒い眼鏡が老眼鏡に代わり、横にだらしなく広がったような鼻の形はそのまま。目尻と口の横に皺が追加されて、頭も白髪がめだっている。お互い、それだけ歳を取ったのに、わたしの扱いは卒業生というより教え子のままだった。理不尽である。

「今日は休み。先生の方こそ、子供元気?」

「元気もなにも、こんな島だ。しょっちゅう顔をあわせるだろう」

「そう？　そう、かな」

曖昧な返事になる。先生の息子とは特別に仲が良いわけじゃなかった。

「お前の方こそ大丈夫か。随分と顔色が悪いみたいだが」

先生がわたしの額にかかった髪を掻き上げて、顔を覗いてくる。老眼鏡を外してまじまじと観察されそうだったから、慌てて身体を引く。涙の跡は見られたくない。

「あぁ、うん。まぁまぁ」

「体調悪いなら帰ってさっさと休め」

「分かってる。そうだ先生、ヤガミカズヒコって人、知ってる？」

話題を変えるついでに、あまり期待せず聞いてみる。先生は難しい顔になって、顎に手をやった。

「ヤガミか。そりゃあ知っているが」

「……へ？」

その顔つきからすっかり諦めていたわたしに、横っ面を叩くような肯定だった。

ヤガミカズヒコを知っている？　その顔で？

「顔つきと答え方が嚙み合ってなくない？」

「お前の質問がおかしいからさ。あの男を知らんような素振りだからな」

先生が訝しむ。ニアの母親も、初対面じゃないということを話していたし、そこを踏まえるなら確かにわたしは間の抜けた質問をしたことになる。でも、知らんのよ。

「どこに住んでるか知ってる？」

「知らん。滅多に会わんからな」

ニアの母親と同じことを言う。そんなに神出鬼没なのだろうか。

「っと。話し込んでどうする。さぁ帰れ」

先生が回りこんで背中を押してくる。ヤガミカズヒコを知らないのなら、先生に教えて貰うことはない。一応、小学校は卒業したのだから。……あ、でも一つあった。

押されながら、わたしは未練がましく尋ねる。

「先生は、ニアのこと覚えてる？」

覚えてるもなにも、しょっちゅう顔を合わせるだろ。

そんな返事を期待していたのに、先生の目は細められて、声と共に顔も俯く。

「覚えてるさ。俺が受け持って卒業しなかった生徒は、あいつぐらいだからな」

「……だよね」

いい加減に頭を下げて、逃げるように走り出した。校門を通り抜けて、そのまま全力で地面を蹴って、また目的なく道を行く。
ニアの死、わたしの足、そしてヤガミカズヒコ。
わたしの知らない間に。知ることのできないどこかで。
この三つの『当たり前』が歯車として回り、別世界を作り上げている。

目の前が茶色い。そして汚れからか黄ばんでもいる。何度レンズを拭いても取れないので諦めて、胡散臭いサングラス越しの景色を受け入れた。島でサングラスなどかけている人を見たことがない。余計に浮いてしまうのではないかと心配して、坂道を歩いてみたけれど杞憂《きゆう》に終わった。誰ともすれ違わなかったのだ。
タイムマシンに乗ってきた連中とも出会わない。片割れが車いすである以上、見過ごすはずはないのだから、彼女たちは島を反時計に回っているのだろう。発電所と松平科学サービス跡の前を通り、森の小道に入ったところでタイムマシンを発見する。場所を動かしてはいないようだ。周辺に人影がないか確かめつつ、車内を覗いてみる。運転、助手どちらの席にも人は乗っていない。試しに運転席側の扉を引いてみると、あっさり開いてしまう。鍵は引っこ抜いてあるみたいだけど、不用心だな。

気が動転して、戸締まりなんて気にしていられなかったのかも知れない。

車内は饐《す》えたような臭いがする。思わず鼻を押さえて、すぐ閉じた。これならトランクの方が乗り心地はよかったんじゃないかと、そう思わせる臭いだった。

「帰りもトランクで……いや、帰る、か」

浮かんだ別の答えに目が曇る。背中を車に預けてから、サングラスのツルを指で押し上げた。見上げた青空も変色して、薄い土埃に包まれているようだった。

暫しそのまま考える。口を半開きのまま、頭の痛くなりそうな答えについて、思い悩む。僕がなんのためにここへやってきたのかということを一番において、何度も、独りで協議する。二つある答えのうち、片方が満場一致で賛同されるのに時間はかからなかった。

「よぅし」

そう決めたのなら、もう迷わない。車から離れて、船着き場を目指した。

船着き場は、先日の嵐を受けてか土汚れがめだっていた。迫る海水と島の土が混ざって、足場が汚らしくなっている。その掃除に大人たちが取り組んでいた。

その邪魔にならないよう、注目されないように距離を取りながら、普段はさして注目しない船へと目をやる。本土へ向かうための定期船以外、停まっている船にはほとんど興味がなかった。船着き場で遊んでいると、仕事の邪魔だからと怒られるから長くは寄りつけないのも理由だった。

船は四隻ほど停泊している。どれも小型で、定期船より一回り小さい。漁業に用いられる船だけど、釣り目的でやってきた観光客を乗せて周辺の海を走ることもある。

渡された一枚のメモを取り出し、どの船が転覆するやつかを確認する。松平さんの癖字で船の特徴が幾つか書かれていて、更にイラストまで添えてある。

青白い魚が躍動的なポーズを取ってウインクしていた。……僕も片目を瞑ってしまうぜ。できれば両方の目を瞑って見なかったことにしたい。

こんな絵でどうしろと、呆れながら船と見比べると、「あ、」と声をあげてしまう。右端の船の船体に『ギョギョ丸』と印字されて、その横にウインクして舌を出す魚のイラストがある。松平さんはこの部分を描写したらしく、一致する。……うぅむ。クイズ問題じゃないんだから、もう少し直接的にできないものか。

ギョギョは魚魚ということだろうか。ついでにイラストの魚はサメのようだが、近海にサメなどいないぞ。ウツボならいる。しかしウツボをイラストにしてもなぁ。

ギョギョ丸に近づき、他の部分も観察する。二週間後にマチと共に死に行く船。それを意識するとつい目つきが険しくなる。今すぐに船をぶっ壊してやりたくなる。

だがどうやって壊したものか。船体は汚れて、所々の塗装が剝げている。しかしボロではあっても、外から殴っても折れるのはこっちの拳の骨だ。魚のイラストがウインクして勝ち誇るだけである。乗りこんで、船のエンジンをぶっ壊すしかないか。

ギョギョ丸の側には、狸の乗った泥船より頼りなさそうな木製のボートも漂っている。紐《ひも》で船着き場と繫いではあるが、先日の嵐でよく壊れなかったものだ。オールと縄があるところを見ると、海女さんが使っている船のようだ。こちらなら考えなしに壊せそうである。

「……おっと」

邪な考えを悟られないようにと、サングラスをかけ直しながら周辺を見渡すと、船着き場から西側を見たところでその独特の姿を発見する。距離はあるもののお互いが見える範囲で、車いすに座った少女と男が、小学生の男女二人に絡まれている。小学生たちの方は学校帰りなのか、二人ともランドセルを背負っていた。二人とも元気に動き回って、車いすと男の影に位置しているためか顔を確かめづらい。一方、面食らうように動かない車いすの少女の方は、特定は容易だった。やはり一緒に来たのは、裏袋のようだ。なぜあいつがタイムマシンに乗ったのか、そして松平さんが選んだのかは分からない。

それと……誰だ、あいつ。隣に立つ男の方は目を凝らしても思い出せない。廃屋の前を通っていった男みたいだけど、あんなやつは同級生にもいなかったはずだ。

遠目からでも茶髪がめだつ。地毛なのかな、あれで。

「分からん」

口に出すほど謎だった。謎の男と裏袋の注目を浴びないうちに身を隠そうと身体を捻《ひね》ると、そこで息が止まる。吐きかけたそれが逆流して、派手に噎《む》せた。

船着き場の縁に座りこんだその寂しそうな背中に、頬が緩む。そして目もとは力が抜けないままなので、泣き笑いと似た顔つきになっていることだろう。

赤いランドセルを背負い、背を丸めて両手を動かしている。昨日見たばかりのその背中を、見間違えることも、忘れるはずもない。

マチだった。

小さくとも、マチが生きている。その事実に、胸が疼《うず》く。

身体の中に塩水でも注がれたようにあっぷあっぷと、喉が詰まった。

胸を押さえて片膝を突く。三半規管が異常を来したように、景色が横へとずれる。

中途半端に回った後、また急激に視界が元通りとなることを繰り返し、吐きそうだ。

迫り上がってきたものが収まると、思わず大声でマチを呼びそうになる。だけどその前に、熱心に手を動かして、なにをしているんだろう。まるで、マチを見つけたことですべての問題が解決してしまったと錯覚するように、気の緩んだ僕に悪戯心《いたずらごころ》が芽生える。足音を殺して、そうっと、その背中に近づいていった。

気づかれないように距離を詰めて、その手元を覗く。マチが弄っているのは、ルービックキューブだった。正確にはキューブ型の時計で、色を揃《そろ》えるのに苦戦しているようだった。なかなか揃わないことに苛立ち、今にも投げ捨ててしまいそうだった。

マチがその時計を持っていることに一瞬、疑問を抱く。けれどすぐ、そうかと気づいた。あのとき、僕の鼻に投げなかったからな。このルービックキューブ型の時計は、今年の自転車レースの優勝賞品なのだ。

喧嘩の際、本来は僕に投げつけて鼻を潰し、血を噴き出させる凶器となるのだけど、今回は僕が介入したのでマチの手元に残ったというわけだ。現代の僕の部屋にこの時計がなかったわけである。あれを拾う機会がないのだから、当然だな。

その時計を振りかぶって、マチが今まさに投げ捨てようとしている。勿体ないとかそういう気持ちに押されて一歩前へ出ると、そこでマチが僕に気づいたようだった。

「む！」

背後の気配を察してか、大げさにマチが飛び跳ねた。あわや海へと落下しそうになる身体を強引に踏ん張り、腕を振り回しながら反転する。地面を強く踏み直した後、僕と正面から対峙《たいじ》する。そういえば当然ではあるけど、昔の僕は一緒にいない。

「だ、だれじゃー！」

マチが警戒を露わにして叫ぶ。あ、サングラスしているから分からないのか。いいね、意外と変装効果あるじゃん。

「ほい」

取ってみた。マチの目がレンズのように丸くなる。表情がコロコロ変わって楽しい。

「な、なんでおるんじゃー！」

「いやぁ帰りの船に乗り遅れちゃって、この際永住しようかなと」

「し、知るかー！」

「あ、なぜ逃げる！」

短い足をちょこまか動かして、灯台の方へ逃げ出すマチを、大慌てで追いかけた。もう見失いたくないという一心で、頭を埋め尽くしながら。

走り続けたわたしが到着したのは、自宅だった。

「……なんだそれ」

つまんねぇ。自分の無意識にがっくりときた。拍子抜けして、空気が足の裏から抜けていくようだ。萎《しぼ》みながら家に入り、玄関で派手に尻餅を突く。

お尻の骨を強く打ちながら座りこみ、足だけ動かして蹴るように靴を脱ぐ。これだけ音を立てて出てこないのなら、家の人はいないみたいだ。わたしの記憶通りなら、両親は本土で働いている。夕方の定期船が来るまでは帰ってこない。

靴を脱ぎ散らかした後に振り向くと、家の中まで変化していた。車いすの人間が通れそうな広さが廊下にない。二階へ続く階段も廊下の途中にあって、横幅を狭めている。車いすに座っていたわたしを無視した家の造りだ。一階の部屋を回ってみても、自室が見当たらない。本来、わたしの部屋のある場所に両親の寝室があった。

となると、わたしの部屋は二階なのだろうか。階段に足をかける。その膝を曲げる感触に奇妙な快感を貰いながら、階段を上がる。自分の足で、軽快に。走り疲れて足が重いという感覚があることにまで、ふつふつと感動する始末だった。

二階に上がってから、自分の足を見下ろす。真っ直ぐ伸びた足に、膝。骨と皮、そして肉。膝に触れる。太ももを叩く。かつて無邪気に手にしていた当たり前が、再びわたしを支えている。朝から泣き続けたついでとして、涙が溢れた。

みっともなく泣いたまま自分の部屋を探す。最初に覗いた、廊下の手前側の部屋がそうみたいだ。理由は遮光カーテンの色が緑で好みだったから。それだけで確信した。ベッドに一直線に向かって、俯《うつぶ》せに倒れこむ。受け身も取らず、顎を打った。ベッドは布団もあって柔らかくはあるけど、顔の下半分に痺《しび》れが走る。

枕に頭が乗るまで這いずってから、仰向けになる。なった途端、意識だけが底へ沈み、息苦しくなる。慌てて口を開き、息を吸う。すると意識は風船のように浮上する。

疲れているけど、心が不安定で眠れないときに起こる症状だった。意識だけが眠ろうと先走って、口の呼吸が止まることに身体が驚く。それの繰り返しで、段々と怖くなっていく。自分はこのまま死ぬんじゃないだろうかと。そんな不安に陥るあたり、やっぱり、心が不安定なのだ。今回は、その一度だけで落ち着いたのか次はやってこない。なんとか眠れそうだった。

寝転びながら、横目で眺める本棚はスカスカだ。教科書とノート、それに数冊の本だけ。本を買うことも、通販も到着に一手間かかる島暮らしでは、娯楽が極端に少ない。だから若い人が島を出たがって、そして出ていくとほとんど帰ってこない。わたしも、理由は違うけれど島を出ていった人間だ。だけどまた戻ってきた人間でもある。

わたしがこの島に戻ってくる理由は、あった。……過去形だ。嫌だ。

頭を抱えながら寝返りを打つ。寝返りを自分で打つことも久しい。そしてこんな気持ちでも眠気は忍び寄る。島を走り回ったせいか、肌が心地良い疲労感を纏っている。泣き疲れもあって、一度眠ったら夜になるまで起きられそうにない。望むところだった。そのまま何日も、何年も眠って、時を超えてしまえばいい。島のみんなみたいに、ニアが死んだことを受け入れられる日まで、ずっと。

ぐずぐずと鼻水を啜って、瞼を下ろしても目尻に浮かぶ涙を強く拭う。

そうして眠りの際、曖昧模糊とした頭に浮かぶのは同じくあやふやなものとして、ヤガミカズヒコだった。瞼の裏に、男の顔が浮かぶ。逆光で、どう目を凝らしてもその顔を見ることができない。男は次第に光に包まれて、どんどん遠ざかっていく。

神出鬼没で、島のみんなが知っていて、だけど滅多に出会えない。

まるでヤガミカズヒコはその名の通り、島の神様のようだった。

# 八章　『神の島』

この島はかつて、かみ島という名前だった。

祖母からそう聞いた覚えがある。いつ頃からか針島《はりじま》と呼ばれるようになったが、祖母の祖母あたりが生きていた時代ではかみ島だったそうだ。

定期船がやってくる朝方、その船から島と向き合う。穏やかな海原の向こうに、霞《かすみ》に包まれたような淡い景色の島が浮かんでいる。海と空の蒼穹《そうきゅう》二つに挟まれたその儚い島は神々しく、神が住む場所と近隣から噂されるようになった。

神の島と呼ばれた所以はそのあたりにあるらしい。島の神様は犬を嫌い、猫を愛するという。だから島には犬が一匹もおらず、猫が大繁殖している。日本の神様は依怙《えこ》贔屓《ひいき》上等の人間くさいやつが多いが、島の神もご多分に漏れず猫マニアのようだ。

「という話なんだよ」

前を歩くマチに受け売りの話を語ると、「しるかー」と一蹴された。

「ついてくんな。けーさつよぶぞ」

「島のどこに駐在さんいるか知ってる？」

「しらん」

「実は僕も知らないんだ」

サングラス越しに見えるマチが振り向く。怒っていた。きっと昔の僕に対してはもっと露骨なのだろう。今にも右手に握るルービックキューブを投げつけてきそうだ。

「なんでついてくんだよー！」

喧嘩腰なのに、この時代だとどこか可愛らしい。これが九年後の、睨んだだけで人を殺せそうな子と同一人物だなんて。その荒み具合と、原因に目頭が熱くなる。

「ちょっとお話とかしない？　いやしたいんだ、是非」

我ながら、警察がいなくて良かったと安堵する台詞だった。外なら確実に捕まる。

「わたしは一人を愛するオンナなんだよー！　うー、あっちいけ！」

健康的に白い歯を見せて威嚇《いかく》してくる。地面をだんだかと小気味よく踏みつけた後、ランドセルを背負い直す。走る姿勢を整えてから、僕を睨みつける。

「くんなよ、ぜったい！　ぜったいたいたいだぞ！」

何度も絶対を念押しして、マチが灯台へ走っていく。追いかけようとしたけれど、その『マチが走る姿』に目を奪われて、立ち止まってしまう。その後ろ姿はあまりに生きていて、近々死ぬ運命にあるとは思えなくて、その段差に心がけつまずきそうになったのだ。慌てて姿勢を正すように、俯きかけた身体を起こすと、マチは既に灯台の中へと消えていた。追いかける機会を失い、独り、森林の中で棒立ちとなる。

灯台周辺の塀の上で丸まっている猫が、ふられた僕を見つめてくる。目を逸らさずにいると、まばたきも忘れたのか乾いて痛んだ。猫の方はじぃっと、首の向きまで固定されている。置物なんじゃないかと疑ってしまうと、それを察したように尻尾《しっぽ》が揺れた。

この島の猫は人に慣れて、近づいても逃げようともしない。人間の総数が少ないからか、もしくは神様パワーのお陰か猫を迫害するやつもいない。後は食料さえ潤沢なら、ここは猫の楽園となっていただろう。だが餓死数は、決して少なくない。

島の裏側には、表で滅多に見ることのない死で溢れている。マチもまた、その一人となるのだ。今日、灯台から転落死する運命とならないよう祈りながら、その場を後にする。

船着き場にも行った、マチとも会った。次に僕が目指すのは、反時計回りの道を敢えて選んでの祖母の家だった。小学校が終わり放課後の時間帯で、マチと一緒にいないのなら昔の僕は祖母の家にいるはずだ。そもそもこいつがしっかりしていれば、マチは死なずに済んだのではないか。あのヘタレ小僧め。なぜか胸が痛いぜ。

現実的な問題として、マチが死ぬ日まで二週間ある。その日を迎えるまで島に滞在する必要がある、のでここは祖母に頼るしかない。また発電所に寝泊まりすることも考えたが、恐らく今回は先約がいる。裏袋たちだ。あいつらがすぐ帰らないとしたら、あの発電所に頼ることになるだろう。

過去の松平さんは言っていた、自分には使い切りのタイムマシンしか作れないと。つまり、あいつらは即座に帰ることなんかできやしない。まぁそういうわけで、船着き場を通り過ぎ、住宅地を抜けて、裏袋たちを見かけることがないまま山の麓《ふもと》にある、祖母の庵に辿り着いたのだった。あいつら、こっちの方角へ向かっていたはずなのにどこへ行ったんだろう。前田さんの家へ行き、松平さんに会っているのかな。

時間的には昨日から一日しか経過していないので、祖母の畑に目を見張るような変化はない。作物が植えられて、土はまだ多少荒れていて、巨大な石は引っこ抜かれている。たった一個の石ころの有無で、祖母の九年間は激変する。人生、次元を一つ超えて鳥瞰《ちょうずい》してみればそんなものかも知れない。

昼すぎだからか、祖母の姿は表にない。この時間だと家の中にいるか、それとも商店へ買い物のどちらかだ。祖母といえどすべてを自給自足するわけにはいかない。米は買うし、魚も現地調達はしない。そのお使いには、僕もよく付き合っていた。

家の戸を二度、軽く叩く。反応がない。しかし祖母は元気といっても立派な老婆。出てくるのに時間がかかっているだけかも知れないので、しばらく待つ。

一分ほど経ったところでいないと判断して、戸を開いた。玄関に祖母の履く草履はなかったが、代わりに小さい、土汚れのめだつ靴があった。あでだすブランドの靴で、昔の僕が履いていたやつだ。こう見ると、足が小さいなぁ。手も入りそうにない。

しかし、あいつは中にいるのに反応なかったな。寝ているのだろうか。二週間後にマチが死ぬのになにを暢気《のんき》な、と冗談めかして憤慨しながら廊下に上がり、部屋を覗く。思った通り、囲炉裏の間に昔の僕がいた。しかも寝てはいなかった。

囲炉裏の前に座りこみ、昨日の擦り傷をこさえた僕が「ぐぬぬ」と呻《うめ》いていた。情けないやつ。ちなみに僕は鼻血だらっだら流したうえに大泣きして家に帰って、二日ぐらいふて寝しました。そしてマチが本土に引っ越すまで一度も喋《しゃべ》ることはなかった。

この過去だけはなかったことになって良かった気もする。しかし、僕はそれを忘れない。僕以外の誰かがこの世界を変えない限り、記憶は継続されていくのだろう。

「よう」

「はぅ！」

声をかけたら昔の僕が座ったまま飛び跳ねた。マチと反応が似ているな。

「む、む、む。丸めがねマンだ」

あぁサングラスしているから以下略。外すと、昔の僕がなーんだという顔になる。

ここで安心せずにがっくり来るところが、なんというか、緩いなぁ。

「おや外の人」

「うむ外の人。こんにちは」

側に腰を下ろす。昔の僕はランドセルを抱きかかえるようにして、座る位置をずらす。僕と距離を取ってから、「ぐむむ」と言葉にならないものを吐き出す。

昨日のマチとの件を見られていたことを意識してか、昔の僕が俯く。……ま、気持ちは分かる。恥ずかしいが一番で、二番は……なんだろうこの人、かね。

わざわざ子供の喧嘩に加わって、泣くような大人はさぞ不思議だろう。

僕もなんだか気恥ずかしくなって、ごまかすためにサングラスをかけ直した。

「ばあ……村上《むらかみ》さんは？」

「むらかみさん？」

「……ばーちゃんは？」

「買い物」

僕の記憶は正しかったようだ。商店へ行ってすれ違いになるのも時間の無駄なので、このまま祖母を待つことにする。昔の僕とじめじめした雰囲気の中で向き合いながら。

「えぇと、昨日は喧嘩してたな」

そんな雰囲気などごめんなので、さっさと本題に切り込む。僕には余裕がない。時間はあるが、それをどう活かせばいいのか悩んでいる。どうすれば、マチの死を最善に回避できるのだろう。そんなことを頭の片隅でずっと考えていると、目の焦点が合わなくなって、昔の僕が憤る姿もぼやけた。

「そ、外の人には関係ねーし」

「んーまぁそうだが。なんなら相談に乗るぞ」

気の良いお兄さんを演じてみる。昔の僕は一人で物事を解決する力などないので、誰かに相談したいと常に思っていた、はずだ。その呼び水に引かれるように、昔の僕が上目遣いになる。よしよし。

「喧嘩はあれだ、きみが悪いのか?」

実に白々しく聞いてみた。

昔の僕が頷く。そうお前が悪い。ろくでなしめ。というか、ヘタレが。

「では少年、ごめんなさいは言ったか?」

尋ねると、昔の僕は首を振った。ただし横に。

「話してない」

「どうしてさ」

「怒ってるし、すぐ逃げるし」

「……まぁ、喧嘩したらそうなるよな。昨日の今日ってやつだし」

殴られないだけマシかな。しかし弱気なやつだなぁ、昔の僕。くそ、他の呼び方にしたい。そうしないとなにを言おうと、ただの自虐《じぎゃく》になってしまう。

「でもちゃんと話さないと、ずっと仲直りできないぞ」

実体験込みで保証してやる。昔の僕は涙目になり、床に手を突く。誰が見ても分かるほど、しょんぼりというやつだ。肩幅も狭まって、そのまま消えてしまいそうだ。

「勇気を出すんだ。大丈夫、マチは怒っているけど、きみを嫌っているわけじゃないから。ちゃんと謝れば……多分、許してくれるよ」

話している間に自信がなくなった。一度、失敗しているせいだ。

「後は、喧嘩の原因になったことをちゃんと解決する。それができれば一番かな」

「えぇ、うん、そーね」

歯切れ悪く、昔の僕が頭を振る。そう。それができないから、困ってるんだよな。

好きですぐらいさっさと言えよ。なんて、どの口が言えたものか。

「難しいよなぁ」

「まったくだぁ」

二人でしみじみ分かり合った。気がした。だけど厳密には、昔の僕と今の僕は違う人間なのだ。僕は生まれた瞬間から『僕』として完成していたわけじゃない。経験の中で変化して、今の僕がある。だからやっぱり、色々難しい。

「しるこサンド食べる？」

「むちゃむちゃ」

聞く前に食ってた。その食い意地をマチにぶつけろよ。

そうこうしていると、祖母が帰ってきた。まとめ買いして、大量の食材と日常雑貨を抱えている。家の扉も横着に足で蹴って横に開いた。足癖悪いな、相変わらず。

出迎えて、微笑んでいると祖母が目を丸くした。

「ヤガミさん、なにしとんだね」

おぉ、サングラスしたままなのに見抜かれた。さすが敬愛する祖母である。

その祖母に敬意を払い、サングラスを外して向かい合う。

「実は帰りの船に乗り遅れまして」

祖母のしょぼくれた目が僕を射抜く。嘘を見抜かれているようで、バツが悪い。

「そうかい。一緒にいた子はどうしたんだい」

「あいつは乗り遅れなかったもので」

わけが分からなかった。祖母もそんな感想を抱いた顔をしている。マチのことを考えて頭がいっぱいで、理由をでっち上げるのが面倒だった。

だからこの話はここで終わったことにして、祖母に頼み込む。

「もう少しだけ、お世話になっていいですか」

「うん？」

祖母が訝しむような声をあげる。これは風向きが悪いのでは、とアピールを重ねる。

「あ、畑仕事もがんばります。買い出しも行きます。雑事なんでもやりますから」

金の話題には一切触れない。だって今度こそ、一円も持ってきていない。無一文であるのはしるこサンドだけだ。どうしろと。誠意でごまかすしかない。

「ふぅん。ま、いいんじゃないかね」

祖母は案外、あっさりと了承してくれる。前回のときといい、気に入られているのだろうか。祖父に似ている、とか言われたしなぁ。そういえば、僕はあなたの孫ですとか勢いで言ってしまったけど、あの発言をどう思っているんだろう。

祖母の皺の多い顔からは、多くのものを引き出せない。

「丁度、あんたには頼みたいこともあるしね」

「は？　はぁ、なんでもどうぞ」

「おいおい言うよ。じゃ、早速だけどこいつを運んでくれ」

そう言って、荷物を全部放ってくる。慌てながらもそれらを全部受け止めた。

大量の荷物を抱えながらも、祖母の気遣いに感謝する。

「よろしくお願いします」

頭を下げてその意を表した。頭の上で、祖母は笑っているのだろうか。

そして僕は再び、祖母の家で世話になることになった。


予想したとおり、目覚めると室内は真っ暗だった。昼食も取らなかったせいか、悲しかろうとなんだろうと、お腹が空く。空腹だから余計に心労が堪えた。

のろのろと起き上がって、頭を掻く。暗いせいか肌寒さが一層増して感じられた。

身震いし、下敷きにして眠っていたために感覚のない右腕を振って、電灯の紐を探す。

「……あ、ないのか」

低い場所に、座ったままで引っ張れる紐は。起き上がって、暗がりの中で手を振る。

こつんと右腕に紐が当たったので、引っ張った。一瞬の間があってから、部屋に灯りが満ちる。上をぼけーっと向いていたので、急な光に目が強く眩《くら》んだ。

立ち眩みのように目の前が真っ白になって、ベッドに倒れこむ。遠慮なく倒れたせいか派手な音がしてスプリングも軋んだ。両親が下の階にいたら心配するか、『うるさい』と怒るとこだろう。わたし自身、背中に強い痛みが走った。

頭の痺れに似たものが取れるまで、大の字になって身動きしなかった。起き上がったところで目的もない。なにをすればいいかも分からない。死人はどう足掻いたって蘇らないのだ。わたしはどうすれば、ニアに報いることができるのかな。

そもそも、ニアはどこへ行ってしまったんだろう。一緒に未来へ帰ってきたはずのニアは、なかったことにされてしまったのか。ふと、パラレルワールドという言葉が頭をよぎる。ニアは並行する別の世界へ、矛盾がないように飛ばされてしまった。

なんて、下らない想像で逃げ道を作ろうとする。当然、失敗した。

ぐぅぐぅと、喉が鳴る。なにかを叫びそうになりながらも、空っぽのお腹からは声を絞り出すこともできない。格好つかないから、もういいやと起き上がった。

時間を確かめようと時計を探す。携帯電話でもいい。でも電話は見つからず、部屋にあるのは時計だけだった。机の上に置物みたいに飾ってあるそれを手に取る。

正方形、ルービックキューブ型の時計は午後七時過ぎを指して……あれ？

「……どゆこと？」

なんでこの時計が、わたしの部屋にあるんだろう。


祖母の家に泊まり込むようになって、二日目の朝を迎えた。僕は畑仕事をこなした後、祖母と朝食を取った。そして散歩がてら、神社に寄ることにした。

藁《わら》よりは、神に縋った方が御利益ありそうだ。いきなり神頼みというのもどうかと思うが、僕一人が気張っても事態は動きそうにない。静観も時には必要だ。

祖母に確認を取ったが、今日は土曜日らしい。休日は昔の僕とマチが、祖母の家へ朝食を取りに来ることもあるけど、今日はどちらも訪れなかった。少なくともマチの方は姿を見せるはずがない。どうにか話をしたいところだけど、さて、どこにいるのやら。

自宅にいるのなら、会いに行くのも問題になるだろうし。ちょいと難儀だな。

島の南側を回り、発電所と松平科学サービス跡の前を経由する。神社へは遠回りだけど、一日経って変化はないか確かめておきたかった。特に発電所は、誰か住み着いているか気になるところである。僕とマチの分も合わせて、発電所には幽霊が住み着いていると噂話の一つも立ちそうではないか。そんな話が広まったら間違いなく、小学生たちが冒険団を結成して発電所に乗りこむ。他人事なので、それなりに愉快だ。

そうした想像を巡らせながらその発電所の前に到着する。半ば破棄されている発電所には光が、電気が不足している。暗く沈み、鬱蒼とした木々に覆われた様は本当に、幽霊の一人か二人は囲っていそうだ。……幽霊か。あれはタイムトラベラーの残滓のようなものだと力説している科学者がいたなぁ。否定したら子供と本気で口喧嘩を始めた覚えがある。相手を子供とか大人といったもので、あまり考えていないのだ。

中まで踏み込んで探検する気にはなれず、発電所を後にする。そうしてしばらく歩くと、研究所の残骸と黒い外車が見えてきた。

昨日のうちに少し移動させたらしく、車は研究所の前にあった。運転席の窓が開いて、中に人影が映っている。回りこみながら覗いてみると、松平さんが乗っていた。

「ぶぉんぶぉーん」

陽気にハンドルを握っている。こちらに気づいても恥じる様子は一切ない。白い歯を見せて明朗に笑いかけてきた。爽やかとは、風貌から言い難いな。

「いよぅ。朝っぱらからサングラスって頭悪いな！」

「だろ？　我ながらイカレてるぜ！」

「ついでにそのアロハシャツもどうかと思うぞ！　未来人のセンスは壊滅的だな！」

あっはっはと朗らかに笑いあう。そんな社交辞令的な挨拶を済ませて、「さて」と仕切り直す。松平さんも手を休めて、運転席の窓から頭だけ出してきた。

「昨日、お前の言ったとおりに二人の男女がやってきてな、俺にこいつの修理を依頼してきた。しかしなんで裏袋が車いすに乗っているんだ？」

「僕も不思議なんだ。これも僕のせいなのかな」

「かもな。そんなサングラスをかけているやつが、ワルじゃないはずがない」

酷い言われようだ。しかし、僕は紛れもなくワルなのである。甘んじて受けよう。

「百円持ってたらくれ。神社で祈ってくるから」

「非科学的な恐喝だな」

松平さんが白衣のポケットをひっくり返して、出てきた小銭を放る。顔の横で受け止めて、そのついでに「じゃあまた」と手を振った。

「おう。それと神頼みなんて意味ないぞ」

「知ってる」

科学者らしい意見を貰った後、松平さんと別れた。

更に進み、灯台へ向かう森の小道との分岐点に着く。森林の向こうに灯台の壁が見え隠れしている。ついでに猫が一匹、奥に走っていくのも見えた。本当に猫だらけだな、この島は。わざわざ家で猫を飼う人がいないわけだよ。

小道に逸れることなく、道なりに進む。船着き場の手前から、島の中央へ向かう道なき道を進み、石段まで辿り着く。中途半端に舗装されたそこを歩いていくと、朱色の鳥居と階段が見えてきた。ここまで坂だらけだったのに、また階段か。嫌になる。

祭りの日と掃除のとき以外に神社を訪れるなんて、これが初めてだ。神様に祈りたくなっても、その場で簡単に済ませていた。こんな寂れて汚れた場所、神様だって住みたくないよ。そう思っていて、まぁそれは掃除しない僕らが悪いわけだけども。

「こんなとこ綺麗にしてなにか叶うなら、天井の染みだって舐め取るよ」

階段を上りながら、溢れるのはそんな愚痴《ぐち》ばかりだ。一体、なにしにきたんだ？

賽銭箱《さいせんばこ》まで一直線に歩く。勿論、人は誰もいない。しかも狭苦しい。高い場所にあるから景色がいいかと思いきや、周辺は巨大な木に覆われてしまっていて、なんにも見えない。オマケに裏手には共同墓地が控えている。陰気にならないはずがない。

今日は晴れなのに、不思議とこの神社にはその光が射し込まないのだ。

松平さんから貰った百円玉を賽銭箱に放りこむ。こんな小汚く、老朽化の進んだ箱に金を入れて効果があるかは甚だ怪しいが、鰯《いわし》の頭も信心からという。適切な表現かは深く考えないが、そんな気持ちで手を合わせた。祈ることは、ただ一つ。

マチを救えますように。僕のすべてを懸けても、後悔はしません。

なぜならマチを救うことが、僕のすべてだからです。


過去から帰ってきて、二日目。なにもする気になれない朝が始まる。

いつのわたしがセットしたのか、目覚ましが朝早くに鳴って、それで目が覚めた。朝の定期船を逃したら昼になるまで島を出ることはできない。そしてとっくにその時間は過ぎていた。本来、わたしは大学に行く用事でもあったみたいだ。でも行かない。

布団の中で寝返りを何度もうつ。寝過ぎて頭が痛い。下から何度か、両親の声が聞こえてくる。今日は休みみたいだ。それに加えて、家の外がほんの少しだけ賑《にぎ》わしい。

祭りの季節でもないのに。小学校の連中が遠足でもしているのだろうか。膝を抱えて丸まり、ぐるぐると回る。もうさすがに横になりすぎて眠れない。身体が痛くて仕方なかったので、布団の外に出た。全身が蒸し暑く、不快に尽きた。

弱った蝶か蛾のように頼りない足取りで部屋を出た。歩き出すと途端、わたしの感じていたものの大半が減じられる。ニアへの思いも、悲哀も薄らぐ。

自分の足で歩いているから。それは、わたしの悲しみを大きく和らげてしまう。

しまうのだ。

失意と共に階段を下り、廊下の突き当たりを曲がって台所へ向かう。台所には父親がいて、コーヒーを飲みながらタバコをふかしていた。父親は人が吸うタバコの煙を嫌うくせに、自分が吸うときは気にしないという実に典型的に自分勝手な人だ。

「おはようさん。……酷い顔だな。目が腫れてるぞ」

振り向いた父親が目を険しくする。「うんまぁ」と適当に流して自分の席らしき椅子に着いた。母親の姿は見えない。多分トイレだ。背もたれに寄りかかり、息を吐く。

ルービックキューブの時計の件はいくら考えても心当たりなんかあるはずなかった。色だって、全面揃えるなんてわたしには無理だ。謎だらけで、だからもう考えない。

時計の謎を解いたから、なにかが救われるわけでもない。結局、ニアを失っている以上はわたしの行動なんて、なにも意味を成さない。

「朝飯は冷蔵庫」

「うん」

返事はしたけど取りに行く元気がない。そのまま、手足を伸ばしてだらける。

わたしが歩けなくなったとき、一番悲しんだのは父親だった。今は、わたしが歩けることを一番喜んでいるだろうか。……そんなはずはない。『当たり前』に感謝することはとても難しい。一度でも失わない限りは。

「ニアって子のこと、覚えてる？」

唐突に父親に尋ねてみる。父親は少し間を置いた後、「ああ」と答える。

「お前と仲の良かった子だろ。亡くなったときは大きな騒ぎになったな」

「…………………………そうかぁ」

誰一人、生きているなんて言わない。

あいつ、本当に死んだんだ。

それを認めると、涙が溢れそうになる代わりに、少しだけ心が楽になった。

認めるっていうのは、そういうことだ。

反発しなくなって、落ち着きはする。反面、想いが沈殿する。

首を後ろに傾ける。曇りガラスの向こうから、またざわめく声が聞こえてきた。

「今日は、賑やかだね」

「明日は自転車のレースがあるからな、その準備だろ」

「ふぅん」

がくんと首を傾けて、テーブルに額を打ちつける。髪がばさっと散らばる。……は？

「レース？」

顔を起こして口もとを曲げる。その剣幕に驚いたのか、父親がタバコを灰皿に落とした。タバコの動きに合わせて煙が揺らめき、ちぎれるように途中で拡散した。

「レースって、自転車の？」

「そう言っただろ。なんだ、明日やるって知らなかったのか？」

毎年やっているのに、おかしなやつだな。灰皿からタバコを拾い上げて、父親がそう付け足す。そりゃ父親にとっては当たり前ってやつかも知れないけど。

わたしからすると、「なんだそりゃぁ」なんだよ。

なんで、あのレースが行われる？

あれは八年前、事故が起きたことで中止となったはずなのに。

父親との会話も中断して、前屈みに台所を飛び出す。ぴちぴちと素足で床を踏む音を響かせながら、サンダルを履いて家の外に出る。

そして丁度、「ひゃっほーい」と。

自転車にサーフボードを無理に載せた前田さんが、家の前を走り抜けた。

どれくらい目を閉じ、祈っていたのだろうか。

思いの外真剣になってしまい、それに気づくのが遅れた。人の声二つに。

振り返る。声は階段の下から聞こえて、徐々に迫り上がってきている。誰か上がってくる。こんな神社に用があるやつなんて、どいつだ。賽銭泥棒でないことは確実だ。

鳥居の方へ向かって階段を見下ろすと、「うぉい」裏袋がいた。大きい方の裏袋だ。車いすで坂道を無理に上がってこようとしている。無茶するやつだな。側にいる男の子は陽気に、石造りの段差をてってこと上ってくる。このままだと二人と鉢合わせることになるな。

少し迷って、今は顔を合わせないことにした。裏袋の方は僕の顔を知っているのだから、下手な騒ぎを起こしかねない。石段を使って戻ることはできないので、神社の裏手にある墓地を経由して、傾斜を下って南側へ出ることにした。

建物に沿って回りこみ、裏手の墓地へ久しぶりにやってくる。肝試しにも使われないここで、埋葬された死者は確実に忘れられていく。人の寄りつかない墓になんの価値があるのだろうか。墓石は死者ではなく、生きる者のために必要なのに。

ただ石を並べて、形ばかりの墓地を取り繕っているここに、マチが加わる。

それを想像しただけで奥歯を噛みしめて、歯の一部が欠けた。

させない、絶対。マチは僕より長生きする。あいつの墓など一生、見てたまるか。

墓石を極力見ないようにして駆け抜ける。傾斜に足が乗り、踵《かかと》が景気よく滑ってしまう。そこで立ち止まろうとすることを敢えて忘れて、全力で滑った。

つるんと滑った踵が孤を描いて、僕の頭より高く上がった。尻の骨を地面に叩きつけたまま坂を下っていく。がっご、がごごごご。僕が尻を打つ音だ。その度に、苦悶《くもん》の声を上げる口の奥、喉にその振動が響き渡る。そのせいで声が震えた。

そのまま南の道まで滑り落ちていき、最後は木にぶつかりそうになった。足の裏を突き出して木の幹を蹴り飛ばし、そこでようやく止まる。尻痛い。熱い。立ち上がると腰まで痛み出した。自分で選んだ道とはいえ、散々だった。

ガキの頃もこんなことしていた覚えがあったり、なかったり。

下った南の道で、朝日に包まれながら軽く体操する。道のど真ん中に突っ立っていても轢《ひ》かれる心配のない、排気ガスの臭いがしない島は素敵だ。でも若い人は一度、本土に出ると大抵帰ってこない。人と物に溢れている場所での生活がいかに便利か、味わってしまうともう駄目だ。自然に囲まれた素朴な日々を、わざわざ送らない。

僕が大学に通い出して感心したのは、食べ物の豊富さだった。チェーン店の類が一切ない島では、食堂だって二、三軒しかないのだ。それが島から出た途端、道を歩けば料理屋に当たると来た。初めて見る料理が山ほどあって、感動したものだ。

島の家庭では主菜がどうしても海の幸に偏るからな。朝の焼き魚は美味かったけどと味を思い出していると、西側から誰かがやってくる。島の人間かと思ったが、若い男だった。昨日、裏袋の隣にいたあの男だ。一応、タイムトラベラー仲間である。

その隣には小さな女の子がひっついていて、きゃっきゃとはしゃいでいた。

男が僕に気づく。道の真ん中で腰を捻る運動とかしているわけで、気づかない方がおかしい。過去、僕みたいなやつが島にいた記憶はないはずだ。そのせいか、僕を見る目に疑わしいものが混じっていた。

縦縞《たてじま》で、フードつきの長袖を着た男は全体に丸っこい輪郭が印象的だ。太っているわけではなく、むしろ鼻や目は小さい。顎のラインもすっきりとはしているが、女性的な丸みを感じさせる。美丈夫ではないが、女性には安心感を持たれるだろう。

「……ふむ」

僕が知らんのなら、相手も大して知らんはずだ。というわけで近くまで来たところで体操を終えて、声をかけてみた。

「ねぇきみ、島の人？」

アロハシャツに丸い黄ばんだサングラスをかけている僕の馴れ馴れしい態度を、目の前の男はどう捉えたのだろう。苦虫を口もとじゃなく、目で挟んだような顔つきになっている。愛想笑いも引きつって、頬がひくひくしていた。なんだ、人のファッションセンスに文句あるのか。側にいる女の子は……ひょっとして、昔の裏袋か。そういやぁ、こんな顔だったな。こっちはこっちで、僕に首を傾げている。

「は、はぁ」

男は曖昧な態度を取る。頷くような、ただ頭を揺らしただけのような。どっちだよ。

「島の人なのかー？」

小さな裏袋が突っ込む。その声にハッとなり、男が「いいえ、違います」と否定した。

「島には偶々、観光で来ていて」

「あ、そうなの。そりゃ残念だ、良い釣り場を探してるんだけどさ」

手ぶらで通ぶってみる。釣り場といえば、島の西にある海岸でマチが毎朝、走っているのと話していたな。一度行ってみてもいいかも知れない。

「釣り、ですか。えぇと、どこがいいかな？」

男がとぼけて、小さい裏袋にお伺いを立てる。対する裏袋は偉そうだった。

「知らぬ」

短い腕を組んで、得意げに否定した。ここの子供はこんなのばっかなのか？

環境が似たり寄ったりだからなぁ。娯楽とか刺激が少ないから、均一になるのかも。

「そうかい知らないかぁ。それは残念だ」

長々と会話して馬脚を表すのも愉快じゃないので、早めに引き上げる。男の肩を軽く叩いて、すれ違おうとする。その際、男が僕の顔を前から横から斜め後ろから、いつまでも逸らさずに凝視してくる。気になって振り向くと、男が自信なさそうに口を開いた。

「あの……どこかで、お会いしたことありませんか？」

「…………………………」

廃屋の前で会ったたな。それに僕の知らない九年間で親交があった、かも知れない。

「どこか？　そんな昔のことは忘れたよ」

昔観た映画の台詞をパクってごまかした。これの対となる台詞は、なんだったたか。

「かっこつけー」

小さな裏袋が僕を正直に評価する。苦笑で応えて、納得のいかない顔をしている男から逃げた。接触は少し迂闊《うかつ》だったかな。今後は自嘲しよう。

風に吹かれる度、打ちつけた尻の痛みが輪郭を浮き彫りにする。プラモデルみたいに、後背部だけ切り離したいぐらいだ。で、ほとぼりが冷めたらくっつけ直すと。

そんなおかしな想像をしていると、背後から「あらあら！」と裏返った声をかけられた。今度はなんだよと振り向くと、前掛けをつけたままの格好で、買い物袋を揺らす女性がこちらへと走ってきていた。なんだなんだと目を丸くしていると、僕の前で踵を滑らすようにして立ち止まってくる。どうやら、僕に用事のようだ。

「やっぱり。確かヤガミさん、ですね」

「……あ、あなたは先日の」

自転車レースが終わった後、僕の名前を聞いてきた女性だ。そう確か、海に飛びこんで助けた子供の母親だと思う。失礼ながら、幸薄そうな印象漂う痩せ顔である。

「そうです。息子を助けていただいて、その件は本当に、言葉で表せないほど、」

話している間に感極まったのか涙ぐむ。面食らっていると、女性が僕の腕をがっちりと摑んできた。両手で包み、はなさねーぞとばかりに。

先細りしたように細い腕と指なのに、手のひらの温度は暑苦しいほどだ。

「是非、ちゃんとしたお礼をしたいと思っていました。さぁ家へどうぞ」

「どうぞって、あの、ちょっ」

僕を引っ張って、女性が大またで歩き出す。カッカッカと、女性のミュールの踵が小気味良い足音を鳴らす。女性にここまで熱烈に誘われるのは初めてだけど、いやぁ参ったなぁと頭に手をやる気分でもない。人妻に誘われた、というと誤解されそうだ。女性が途中で時々振り向き、鼻を啜って涙ぐむ目を見せつけてくる。

それが続くとどうしても、『ちょっと僕忙しいんです』と断ることもできずに、そのまま住宅地へと引っ張られていくしかなかった。

外の澄んだ空気を吸って、落ち着いて考えてみればなんてことはなかった。レースが中止になっていない理由。それは誰も怪我していないからだ。

「なーる」

つまんねぇ。なんの捻りもない答えだった。慌てて出てきたのが虚しい。ぼさぼさの頭を掻いて、家の中に戻るか迷う。そうこうしている間に、自転車に二人乗りした男女が目の前を通りすぎていく。一人は同級生で、後ろに乗る女は知らない顔だった。今のやつらも自転車レースに参加するつもりだろうか。バカバカしい、あんなもの。家に戻ることにした。戻らなかったら、どこへ行けばいいのか。行き場なんかない。

ヤガミカズヒコを探さないと、という気持ちがありながら、外を歩くことが怖くなっていた。同じ島のはずなのに、わたしの知らないものが多すぎる。

玄関でサンダルを脱いで、そのまま階段を上がる。台所に行って父親と、そこに母親も加わって心配されるのが嫌だった。足早に二階へ行き、部屋に飛びこむ。

遮光カーテンのせいで、朝でも部屋は薄暗い。寝るのに丁度いいやとそのままベッドに倒れこむ。昨日とまったく同じことをしている。顎を打って、頭が痺れた。

くちゃくちゃになっている布団にくるまって、完全な暗闇を作る。暑くて息が苦しい。それでも頭まで隙間なく布団を被ったまま、強く目を瞑った。

あの自転車レースが今も続く島。

平気な顔をして島を出歩く前田さん。

幸せそうに自転車に乗る同級生たち。

そのどれもが消えてなくなるには、こうするしかなかった。

そして、覆っていく暗闇の中で、その記憶が静かに浮上する。

あのレースに参加したことで、わたしの運命がその足を失った瞬間を。

「ちょっとここで待っていてください」と、女性に連れこまれた家で座布団の上に座りこみ、甘ったるいどら焼きをもりもりと食べること二十分。僕はなにを待てばいいのか分からないまま、無駄にカロリーを摂取していた。げふ、と甘い息を吐く。

ランプを描いた油絵に、棚には三つの陶器。テレビの横には馬の飾りもの。芸術品を飾るのが好きな家なのだろうか。左手側には障子があり、今は開け放たれて日光を取りこんでいた。見ると障子には幾つか穴あきがある。変えると高いんだよね、これ。

出されたどら焼き三つを完食したはいいけど、口の中が甘くて落ち着かない。朝飯を食べてから時間が経っていないこともあって、胃が張っている。コップの麦茶は既に飲み干していた。もう一杯欲しいところだけど、勝手に家の中を歩き回るのはどうなんだろう。家人もいないようで、緩いというか、なんというか。

こんな胡散臭い男を家に一人置いて、危機感を抱かないのか。いくら息子の命を助けた恩人だからって、このサングラスを信用するとは。お人好しも程々に、だ。

外したサングラスのツルに指を引っかけて、くるくると回した。

そうして、女性が息子を連れて戻ってきたのは更に三十分以上が経過してからだった。どうやら女性、母親は息子を探すのに手間取っていたらしく、汗だくで息が乱れていた。島中走り回ったのだろう。息子の方は猫のように首根っこを摑まれたまま運ばれてきて、こちらはまだまだ元気いっぱいのようだ。じたばた暴れている。

「おま、せ、も」

お待たせして申し訳ありません、と言いたかったみたいだが、その前に母親が崩れ落ちる。膝を突いて噎せた。なんか、感じる必要ないのに罪悪感を覚える。

息子は母親を心配するが、身振り手振りで『いいからお礼を言いなさい』と促されて、こっちへ走ってくる。正面に滑りこんできて、そこで気づいたが先程、神社で裏袋の側にいた男の子だった。あぁ、この子だったのか。助けたときは必死だったし泣きっ面だったから、随分と印象が違っている。だから気づかなかった。

男の子は慣れないようにぎこちなく正座した後、

「へへー」

深々とお辞儀してきた。べたぁっと上半身が床にくっつく。

「こ、これはこれはご丁寧に」

だから、なんでこういうノリのやつしかいないんだ。自分を含めて。

「このたびはお世話になりましたー」

口上を述べた後、母親の方を一瞥する。これでいい？　と確認しているようだ。母親は呼吸困難で涙目のまま、こくこくと頷いている。まるで僕が泣かせたみたいだ。

極力、母親の方は見ないようにして男の子に話しかけた。

「いいよ。すっかり元気みたいだね」

「はい、お陰様で。本当に、ありがとうございます」

中腰でやってきた母親が頭を下げる。息子はそれを真似るように、へこへこと首を上下させる。張り子の虎みたいだ。こう誠意がないと、子供らしくてかえって好感を持つ。

「うちの子は本当にバカで、もう、この、バカ」

母親が息子の頭を押さえる。頭を下げさせるようにも、撫でるようにも見えた。

「よく覚えてないからさー」

息子が言い訳する。あんなに必死だったのに、覚えていないのか。好都合だな。助ける際に顔面を殴ったことを覚えていないなら。

「いいんですよ。偶々、見かけて助けただけですから」

好青年を演じる。最初は見捨てようとか考えたのは内緒だ。

呼吸も落ち着いた母親の方が正座して、擦り寄ってくる。

「ヤガミさんは観光の方、ですよね？」

「えぇまぁ」

「宿の方はどうされているんですか？　島には民宿もありませんし」

「親切な方の世話になっています」

祖母の名前を出すのは控えた。恩義があろうと、僕は本土の人間だ。ただでさえ孤立して暮らす祖母が一層、島の人間から疎まれることは避けたい。

「それじゃあ、今日は夕飯をご馳走《ちそう》させていただけないでしょうか」

母親が、目を涙で潤ませ、煌《きら》めかせながら提案してきた。

「はい？」

「夫の方も直接お礼を述べたいと思いますので、是非」

母親がまた僕の腕を摑む。にがさねーぞ再来。誠意からそうした態度を取ってくるのだろうけど、かえってそれだから断りづらい。邪険にもできず、困惑する。

「ええと、」

指がさまよう。この母子の名前が分からないのだ。仕草と間の取り方で察してくれたのか、母親が慌てたように名乗る。

「林田《はやしだ》郁美《いくみ》です。ご挨拶が遅れました」

「あ、いえ。いいんですけど、林田さん、それで、」

僕が返事を言い切る前に、林田さんが息子の背中に手を添える。息子は、自己紹介しろと促されたのを察して、丸っこい口を開く。

「林田近雄《ちかお》。チカちゃんとかかわいく呼ばんよーに」

「……ちかお？」

その名前を聞いた瞬間、僕は目の前にいる少年が『誰か』を、思い出した。


ニアの夢を見たかった。それぐらいの救いが欲しかった。

だけど寝苦しさの中で絞り出すように見たものに、登場人物は皆無だった。

青い。大体青く染まっている。雲のように白い線がいくつも背後へ抜けていく。漫画に使われる効果線みたいなものが見えている。幾重も、わたしの進んでいる方向と反対に流れていく。そこまで来て、自分がなにをしているかを理解した。

わたしは走っている。どことも分からない、青い世界を。駆け抜けている。

ぐんぐん加速する。世界が回転しているのか、わたしが速くなっているのか判然としない。見下ろしても左右を向いてもわたし自身の姿はなくて、『速度』そのものになっている。そうして目的地はないまま、目的だけを追い続ける。

どこまでも、速くなっていくという不毛な目的だ。

見慣れた夢だった。歩けなくなった直後、毎晩のように見ていた渇望の表れ。

この夢を見た後の寝起きは、大抵最悪の気分になる。

今回は、どうだろう。

今のわたしは、これが夢のまま終わらないのだ。


林田近雄は、林田ちかおだった。僕たちが小学校でその漢字を習う前に、海で溺《おぼ》れて死んでしまったのだ。後にも先にも、同級生が死んだのはそれっきりだった。九年という時間の中で人の死さえも薄れて記憶から消えていた。それが唐突に、その名前を聞いたことで蘇る。海で死んだ林田近雄。死んだ日も完全に思い出していた。

僕がマチと喧嘩した、あの日。島のどこかで、林田近雄は死んでいたのだ。

その近雄が二日を過ぎた今も生きている。答えは一つだった。

どうやら、僕は二日前に林田近雄の命を救ってしまったらしい。

なんにも意図せず、あっさり。人の運命って、そんな軽いものなのか。軽々しく救われてしまった近雄は暢気で、ことの重大さもまったく実感していない。

だが近雄が生きているということは、僕に大きな希望を与えてくれた。

死は不可避じゃない。

マチの命も、救えるということだ。

決意を新たに同日の夕方、また林田さんの家の前へとやってくる。断り切れずに約束してしまったのでやむを得ず、夕飯に同席するためにやってきた。こんなことしていていいのだろうかと焦る気持ちこそあるが、夕暮れ時ではマチも外を出歩かない。

それに近雄と話すというのも貴重な機会だと思い、納得することにした。

「いらっしゃい、ヤガミさん。さぁどうぞ」

人の腕を引っ張るのが癖なのか、出迎えた林田母に玄関へ引きずりこまれる。つんのめりそうになりながらも玄関で靴を脱ぎ、台所の方へ連れていかれる。途中で階段を駆け下りてきた近雄が、「おっすー」と僕の背中にくっついてきた。

本来、この『重さ』はもう誰も感じられないはずだったのだ。

「よっす」

「む、外の人の挨拶はアカヌケテだな」

垢抜《あかぬ》けてをどういう言葉として覚えているんだろう。

「すいません、うちの子が無作法で……」

林田母が息子の無礼を謝罪してくる。「いえ」と、緩く手を振った。

「昔は僕もこんな感じでした。子供の内から堅苦しいと疲れちゃいますよ」

過去の僕がどんなやつだったかを知ってからは、こう言うしかなかった。まぁなんて謙虚な方、みたいなことを言われたけど謙虚と褒められる内容ではないぞ。

意外と適当に感謝していないか、と疑りかけた。

林田家の台所にお邪魔する、というかさせられる。テーブル一つで部屋がいっぱいになりそうな狭い台所には、林田父と思しき中年男性が座っている。林田母が引っ張ってきた僕に気づいて、慌てたように立ち上がった。僕もサングラスを外す。

林田父は日焼けして、肌が黒光りしていた。鼻も脂でてっかてかになっている。

「近雄の父です。この度は本当に、息子がお世話になりました」

深々とお辞儀されてしまう。四人も入り口にいると、頭を下げるのも一苦労な密度となってしまう。肘を動かすと近雄か、林田母に当たるぐらいだ。

「いえ、本当に気にしないでください。なんていうか、人助けのつもりとかじゃなくて偶々なんです。偶然居合わせて、仕方なくってわけじゃないですけど」

「偶々でも、仕方なくでも。救ってくれたことがすべてなんです」

林田父が言い切る。それから頭を上げた。その言葉に、感銘を受ける。

救うことがすべて。僕のマチへの姿勢そのものだ。林田夫妻にとって、息子の命はそれぐらいの価値があるものなのだ。そうした情愛に、今更ながら敬意を抱く。

「ありがとなー」

近雄が僕にはにかむ。そんな顔を向けられると、かえって居心地が悪くなる。

「さぁとにかく座ってください。みんなもね、こんな狭いとこに立ってないで」

林田母が全員の背中を押す形で着席を促す。テーブルの三方に林田父、母、近雄と座る。残り一方に僕が、といきたいけれどテーブルは壁に隣接しているので、そんな綺麗にはいかない。僕は近雄の側の、テーブルの角と向き合う位置に座る。ここしか椅子を置けるスペースがないのだ。取ってつけた位置に座る僕は悪い意味で存在感が抜群で、場違いだった。据わりが悪すぎて、林田一家の笑顔を見るのも辛くなる。

テーブルの上には、多種多様な料理が盛りつけられていた。キュウリサラダに、白身魚の刺身。サツマイモの煮付けに山盛りの竜田揚げ。その他諸々、林田家で普段食べているお惣菜を勢揃いさせた印象だ。歓迎されすぎて目のやり場に困った。

「はいどうぞ、お代わりもいくらでも仰ってください」

茶碗から溢れるほどよそった飯を、林田母に差し出される。ご飯だけで腹が膨れそうだ。僕を真似してか、「大盛りいっちょう」と近雄が注文する。「食べられるの？」と呆れながらも、林田母がてんこ盛りの茶碗を近雄に渡した。そのやり取りを、林田父が微笑ましそうに見守っている。

一家団欒《だんらん》である。はっきり言って、僕はこの場にまったく必要ない。

僕はなんでここにいるんだろう、という哲学的な問いに苛まれながら食事が始まった。島では見慣れたお惣菜なので、味は推して知るべしだ。一口ずつ摘んでいくが、どれも無難な味付けで、言ってしまうと味が薄い。島の料理はどれもそうだけど。

「えぇと、漁師さんなんですか？」

適当に話を振ってみる。なんか間抜けな質問だなぁとは感じたが、林田父が「ええ」と生真面目に頷いた。

「釣り人を乗せて近海を回ったりもしますよ。釣りの方は？」

「やったことありますけど、釣れたことないです」

正直に言っただけだが、軽く笑いを頂戴した。

「ヤガミさんは観光だそうですね。針島はいかがですか？」

林田父が話を振ってくる。竜田揚げを齧りつつ、それに答える。

「不思議な雰囲気の島ですね。本土では、あまり感じないものがある」

当たり障りのない感想を口にする。……いや、冷静に考えると当たり障りあるな。霊感でもあるような物言いになっている。魚がおいしいですねの方がよかったか。

「失礼なことを聞くかも知れませんが、いいですか？」

キュウリを噛みながら、「なんでしょう」と林田父を見る。林田父が言った。

「ヤガミさんの発音の癖が、島の人間と似通っているようですが」

松平さんや祖母にも指摘されたことを、また言及される。そんなに酷いかな、癖。

「両親が島の出身なので、その影響じゃないですかね」

「そうでしたか。……ヤガミ、という名字には聞き覚えないのですが」

林田父が自信はなさそうに目を泳がせる。あるはずがない。だが島のみんなと顔馴染み、でお馴染みの狭いご近所付き合いだ。知らないというのは、おかしいわけで。

僕が嘘をついているのは明白だが、恩人だからかそれ以上の追及はなかった。黙々と白飯を口に運ぶ。炊きたての飯の熱気が唇を蒸らす。実は冷や飯の方が好きなのだが、この場で言って空気を悪くする必要はない。不満をこぼさず、呑みこむ。

「口にあいますか？」

お茶を差し出しながら林田母が反応を窺ってくる。僕は少し大げさに頷いた。

「おいしいです。やっぱり海に囲まれているからか、魚の味が違いますね」

本土だって海に囲まれているけどな、とか言ってはいけない。林田母は強張っていた目尻を緩ませて、ホッと息を吐く。「どんどん食べてください」と全部の皿を僕の方へ寄せてくる。ぺこりぺこりと頭を下げながら、善意の塊を頬張った。

そうして食べ続けること三十分弱。

消化に悪そうな食事を取り終えて、腹がはちきれそうになった。

「ご馳走様でした。じゃあ僕はそろそろ、」

「今、果物を剝きますから。もう少しくつろいでいってください」

「……はい」

居間にご案内されて、ついでに梨を剝いて貰った。皿に特盛りで。

この梨を食べ終えるまで、帰るに帰れなくなった。食べ終わった近雄もついてきて、梨を一緒に摘んでいる。兄弟がいると、こういう雰囲気になるのだろうか。

近雄とはあまり遊ばなかったけど、それでも同級生が数えるほどしかいなかったからな。やはりその中の一人が死んだのは、衝撃的ではあった。ただマチと喧嘩してうじうじウジ虫君をやっていた時期だったために、印象は薄れてしまっていた。

「む、外の人がぼくを見てる」

近雄は僕の正体にまるで気づいていないようだ。そりゃそうか。昔の僕と対面しても、何一つ気づいた節がないし。未来人なんて発想、あるわけがない。

「興味津々か？」

「津々じゃない」

「ちっ」

舌打ちされてしまった。

「外の人、なんか面白い話して」

「ん？　いきなり無茶なことを振るなぁ。面白いって、言われても」

話題が合わないいんだよな。島の子供は島の話以外、ほとんど分からないから。

「……じゃあ、島の伝説の話を一つ」

「おぉ、伝説きた。でっかい生き物出る？」

「出ない」

「ちっ」

また舌打ちされた。小さい子にされると案外、傷つく。

止めようかと思ったが別の話でも舌打ちされそうだったので、結局話した。

「この島は昔、神の島と呼ばれていて……」

祖母からの受け売りを仰々しく語る。近雄は最初こそ僕の目を覗きこんで話に聞き入っていたけど、途中から飽きたのか「ふんふん」と相づちを打つだけになった。

そうなると僕としても話し甲斐がない。適当なところで切り上げた。

「めでたしめでたし」

「感動秘話だー」

近雄が適当に拍手する。その手を引っこめた後、にへぇっと笑う。

「でも分かるなー」

「どこらへんが？」

「船に乗って島を見ると、すっげーワクワクするもん」

大きな夢を抱えるように両腕を広げた近雄が、満面の笑顔でそう語る。

「……そうふぁな」

梨を飲むような勢いで食べて、口の中を満杯にしながら同意する。

僕も昔は、船に乗るだけで興奮していた。本土を知らなかった頃の話だ。

「ところで神様っているの？」

「さぁねぇ。神様しか知らないんじゃね」

適当に流した。そして梨を全部食べきって、目から果汁でも出そうになる。

そろそろ帰ろうと思い、入り口の方に目をやった。

「ところで、なんで外の人が島の話なんか知ってるのだ？」

あ、しまった。つい自分の設定を失念していた。近雄のくせに鋭い指摘をするではないか。取り繕うのは容易いけど、ここは敢えておどけてみることにした。

「実は僕こそ島の神様なのさー」

両腕を広げて宣言する。近雄は無反応で、くりくりした目を僕に向けている。

「なのさー」

「なのかー」

その申し訳程度の相づちが痛い。腕を引っこめてそそくさと立ち上がる。

「ん、帰るの？」

「良い子だから、夜になる前に家に帰るんだよ」

林田夫妻に見つかって盛大に見送られる前に、音を立てないで玄関へ向かう。靴の踵を踏みながら足早に林田家を出た。その僕の後ろに、近雄がくっついてくる。

「最近は外の人がいっぱいでええのぅ」

ほくほく顔の近雄が玄関先で言う。

「いっぱい？　……あぁ」

一緒に来た連中か。確かに、同時に三人も滞在しているのは珍しいな。

「美人のねーちゃんにもつばつけたんだぜー」

「へぇー」

マセガキめ。未来から来たマチに懐く、昔の僕が言えた義理じゃないが。

「外は凄いんだろうなー。天気予報もすげーらしい」

「予報？　なにが？」

「なんか来週、大嵐が来るんだって。外の人が言ってた」

「……へぇ」

あいつらが教えたのか。なにか意図でもあるのかな。

そして近雄はやたら楽しそうだ。台風が来るだけでワクワクする年頃が羨ましい。

「外の人、まったねー」

両手を振る近雄に手を上げて応えてから、祖母の家への帰路を歩き出す。

外灯のない島に訪れる夜は、真っ黒な濃霧のように道を覆っている。歩く度、肌は濡れるように夜の質感を感じ取る。船着き場の方から一日の最後の定期船が遠ざかっていく音が聞こえてきた。あの船にマチと乗って本土へ避難すれば、或いは。

誘拐犯として訴えられる覚悟さえあれば、マチの命を救う方法はいくらでもある。

二週間後、僕は犯罪者となってでも彼女の命を守れているだろうか。

満腹で頭に血が巡らない。思考も、決意も鈍っていく。

「なにしてんだろうなぁ、僕は」

誰もいない夜道で、独り言は思いの外大きく、周りへ広がった。


息苦しさから、眠るより半ば気絶に近いまま時間だけが過ぎていく。

それも限界に来たとき、自動的にわたしは布団から弾き出された。寝汗で全身をべとつかせながら、床に転がる。寝過ぎて、頭痛を通り越して吐き気を催した。

日もすっかり高く昇り、直射日光が窓を貫いてわたしを焼く。その光で汗が動き、じとじと、わたしの肌を不快に伝う。日差しから逃れるように廊下へ逃げた。

口もとを押さえながら一階へ下りる。廊下から覗くと、父親は居間で寝転がりながらテレビ番組を観賞していた。わたしの足音に気づいて、上半身を捻った。「おはよう」と朝に挨拶し忘れたので今言うと、父親が顔をしかめた。

「お前本当に大丈夫か」

「任せて」

へちょい腕を曲げて力こぶをアピールした。ねぇし。空きっ腹を抱えて台所へ向かう。幸い、色々問いつめそうな母親がいなかったから勝手に冷蔵庫を開けて、朝ご飯の卵焼きとご飯を取り出す。ついでに昼ご飯までしまってある。両方食べることにした。どんどことテーブルに置いて、ばくばくと食べる。喉に詰まったら上を向いて、何度も嚥下《えんげ》して流しこんだ。混ぜて味もよく分からない料理を、どんどん胃に詰める。

朝と昼の分を一片に食べ終えると、胴がはち切れそうだった。うぅうぅ、勝手に呻き声が漏れる。ただでさえ吐き気が酷いのに、喉元まで詰めこまれたそれが助長してくる。口とお腹のどちらを押さえればいいのか悩みながら、台所を後にした。

廊下の途中で汗まみれの寝間着を脱ぎ散らかして、お風呂場に入る。シャワーホースを摑み、蛇口を捻る。最初は冷水がノズルから飛び出した。火照っている肌にはそれが心地良い。頭から浴びて、髪の間に溜まっている汗を流す。

そのまま頭を垂れて、シャワーを浴び続ける。冷水は次第にお湯となり、温かにわたしの頭を包む。そうしていると動けなくなり、足もとのタイルを見つめた。

散った水滴が次々にタイルを打ち、排水溝へ流れていく。頭を打つ水の音は、先程まで見ていた加速の夢の音に似ていた。聞き続けると頭がぼんやりとなり、音が遠退いていくところも一緒だ。壁に手をついて、長々と、降り注ぐお湯に打たれる。

明日も、こんなことの繰り返しになるのだろうか。

穴から気力が垂れ流れて、横になっているだけの無為な時間を重ねる。喪失したものは、なにがどうなっても取り戻せないと理解して、全部を無意味に感じるだけ。

そうして、わたしはなにもしなくなる。

そのまま肌と思い出が腐っていくようだ。その想像に、芯から身体が震えた。

頭の上を睨む。

シャワーのノズルから迸《ほとばし》る、水の奔流。

それを正面から見据えて、顔面を打ちつけられながら吠えた。

泣き声よりもっと原始的な声と、哀願めいたものが溢れて、止まらなかった。

空気を肺の底から出し尽くすまで、ずっと、シャワーと共に排水溝へ流し続けた。

手足が酸欠で痺れた頃、ようやく衝動が収まる。

シャワーを止めた後、握りこぶしを横に振って壁を叩く。

俯いた髪から垂れる水滴を目で追いかけ、タイルに落下して潰れるのを見届けた。

シャワーの音が消え去ると、また家の外から賑やかな声が聞こえた気がした。自転車の車輪が回る音も鋭敏に感じ取る。それは思い出の中で回る、車輪の音色と区別がついていないのかも知れなかった。

下らない自転車レース。

自分がどうしてあれに参加したか、はっきりと覚えていた。

忘れようのない、速さへの渇望。

奏でられる車輪の歌を相棒にして。
なにもかも置き去りにするほど加速して。
時間さえも、飛び越えたかったのだ。

# 九章　『どんな時もきみのために』

「こんなことでいいのか」

寄せて引いてを繰り返す海を前にして、僕は己に、そして運命に問う。

船着き場から西へ向かった、波止めブロックの先にある岬に通って、これで一週間と二日になる。僕が過去へやってきてから、それだけの時間が経過してしまったのだ。

朝焼けも消え去り、海は平穏な色合いに落ち着いた。薄い緑色の海水が足もとまでやってきて、砂浜と足首を濡らす。その冷たさに驚き、足を上げてしまう。

マチの死まで残り一週間を切っていた。僕は、その運命を避けられるように努力を重ねているのだろうか。祖母の畑仕事を手伝い、時々松平さんを冷やかし、マチを探す毎日の中で。

なにも手応えがない。運命を手繰り寄せている感触がないのだ。近雄を救ったときも自覚はなかったのだから、そんなものかも知れない。ただ、不安だ。

昔の僕とは祖母の家で顔を合わせることもある。その度、マチと仲直りしたか確認するけど首を横に振るばかりで、進展がない。さすが僕である。あいつに期待するのは止めておこう。あいつはマチが死ぬと知っても尚、なにもしないような気がする。

　岩場に座りこんで、砂浜にほど近い海面へ投げた釣り糸に反応はない。垂らした釣り糸には未だ獲物がかからない。僕がここにいるから、マチは姿を見せないのだろうか。日中、放課後の時間帯に灯台を覗いてみてもマチは現れない。まるで、隠れてなにか企てているように。ここまですれ違いが続くと、軟禁することも難しい。

　しかし強攻策に出るとしても、マチが死ぬ日の数日前から行う方が確実だろう。誘拐したはいいが、死ぬ日を乗り越える前に発見されて、解放されてしまったら意味がない。そういう意味では残り五日というのはマチと接触するための猶与がある、とも取れる。

　かなり前向きに、強引な解釈だが。

「……お？」

　構えて格好だけ取っていた釣り竿が揺れる。餌もつけていないのに、釣り針にかかる間抜けな魚がいたようだ。岩場から離れて釣り竿を握りしめる。魚がかかったことなんて一度もないから狼狽してしまう。へっぴり腰で竿を引き、ずっしりした手応えに翻弄されながら、なんとか釣り上げる。あれだけ重かったのだからどんな大物だろうと思ったら、鰯ぐらいの小型がぴちぴちと跳ねているだけだった。

「どうしよう」

　釣れると思っていなかったのでバケツも用意していない。海に帰そうか。いや、でも初めて釣れたわけでそれも勿体ない。このまま急いで祖母の家へ帰り、さばいて朝飯にでもして貰おう。そう決めて、釣り竿に魚をぶら下げたまま走り出した。

馬の目の前にニンジンをつるすというイラストを時折見かけるけど、今の構図はそれに近い。走る度、目の前の釣り糸と魚がぷらんぷらんと揺れる。傍から見ると、魚を苛めているように映るかも知れない。杜撰《ずさん》な扱いについては謝っておこう。ただし、食べることに関しては謝らないし、なにも譲らない。

急ぎ足で祖母の家へと戻り、戸を勢いよく開く。普段は建て付けが悪いけど、今日は調子良いようだ。魚が釣れたことも含めて、機運に恵まれた日であることを感じさせる。次はどんな幸運が訪れるだろう。マチが懸賞でハワイ旅行とか当てて島から離れてくれないかな。一年ぐらい。

玄関に小さな靴があったので昔の僕が来ているのだろうと思い、勇んで囲炉裏の間へ向かう。魚が釣れたことを自慢しようと、釣り糸を掲げながら飛びこんだ。

「どうだ、釣れたぞ」

そして、僕はその勝ち誇った姿勢で固まる。

囲炉裏の前に座っていたのは昔の僕ではなく、マチだった。

こちらから追い求めても一向に出会えないのに、向こうから来るとあっさり会える。それが出会いの妙であり、面白さだ。なんて言っている場合じゃない。

釣った魚を見せびらかす僕に、横目で一瞥をくれた。手もとで弄っていたルービックキューブを置いてから、座ったまま身体ごと僕の方を向く。

「釣れたのそんだけ？」

マチがまず、愛想のない声で聞いてくる。そのマチと向かい合うように座りながら、釣り竿と魚を目の前で揺らした。

「そう」

「しょっぱい」

「海の魚だけに？　うん、うまいうまい」

大してうまくない洒落《しゃれ》を勝手に思いつき、独りで笑う。マチは唇を尖らせる。

「今日はこーぎしに来た」

「こうぎ？」

最初に浮かんだのは大学の講義室だった。でも、その講義とは違うようだ。

マチの不満げな表情からするに、抗議が正しい。

「いっつもあそこにいるだろー。あそこ、わたしのぺすとぷれいすって言ったじゃん」

マチが膨れる。ここで睨まないのが、十九歳のマチとの大きな違いだ。あの眼光と性格はやはり、下半身の怪我が契機となって生まれたのだろうか。

「あそこって、西の海岸?」

「そこ以外ねーし」

マチが顎を上げて、本人なりに高圧そうな態度を取る。やっぱり、僕が来ていたのは知っていたらしい。遠くから見ていたのだろう。僕ももっと、注意深く周囲を観察しておけばよかった。

返事を有耶無耶にするために、ルービックキューブ型の時計に手を伸ばす。マチが「あ」とか声をあげている間に、色を組み替え始める。

マチと喧嘩別れしてからの数ヶ月間は休日になると部屋に籠もりきって、淡々とルービックキューブに取り組んでいた。その成果もあってか、ルービックキューブの色を揃えるのも数分でこなせるようになった。そんな程度ではなんの自慢にもならないと、本土に出てからは知ったけれど。あれは意外とショックだったなぁ。

そんな苦い思い出を振り返っている間に、ルービックキューブの色が各面ごとに統一される。時計の針のある面がピンク色になるので、女の子向けだと当時から安直に考えていた。完成品をマチの目線に水平にすると、手際に見惚れたようにその目が輝いていた。次いで、ルービックキューブを手に取る。ひっくり返し、回転させて、各面の色をマチが楽しむ。磨かれたように光る目がその色を取り入れて、次々に模様替えしていく。孤独に磨いた技術が初めて、マチの役に立った。単純に嬉しい。

微笑ましく観賞している僕に気づいてか、マチが慌てて気難しそうな顔を作る。もう興奮した笑顔が見られないなんて、残念だ。僕になんか気づかなければいいのに。

「と、とにかくこーぎしたからな。もうくんなよー」

捨て台詞のように注意して逃げ出すマチを、縋るように引き留める。

ここでなにもしなければ、次に会えるのがいつか分かったものじゃない。

「ちょっと待った。いや待ってください、お願いします」

「な、なんだよー」

足踏みしたままマチが振り向く。なんと誘うか迷い、真っ直ぐ行くことにした。

「今日、学校終わったらデートしない？」

マチが固まる。細い首の筋がぴきぴきと、表面へ現れる。

「でぇと？」

「うん。僕ときみで、ちょっと話したいことがあってね」

無言のまま、マチが飛び跳ねる。どういう反応なのかわかんねぇ。しばらく静観していると、飛び跳ねるのを止めた。代わりに唇を尖らせてむぅむぅ唸る。

「し、」

「し?」

「や、」

「や?」

「の、」

「の?」

一文字口にするだけで、一向に続きがない。

「つ、釣り竿をよこせー」

「これ?」

ごまかすように要求してきた。差し出すと、マチがのろのろと受け取る。

さらば初釣果。

そしてマチは髪を掻き、最後にまた飛び跳ねた後、釣り竿を掲げて言った。

「こいつに免じて、い、一回だけだぞ」

「……あはっ」

その返事を受けた僕の心境を表すように、小さな魚が左右に尾をくねらせた。

髪はまだ濡れたままで、風に吹かれると首まで寒くなる。指を入れると水滴が飛んで、地面に染みを作る。それもあっという間に消えて、なにもかも元通り。

シャワーを浴びた後、わたしは散歩に出かけた。もうさすがにベッドに横になるのが嫌になった。それに、せっかく歩けるのだから、歩かないとという気持ちもある。

自分の下半身が無事な理由は、おおよそ察していた。ニアが死んだからだ。九年前に死んだというなら、繋がりが理解できる。ニアが生きていたら歩けなくなり、足が無事ならニアはいなくなる。大きいつづらと小さいつづら、どっちも魅力的すぎた。

わたしが過去でなにかしたせいで、ニアは死んでしまったのだろうか。もう一度、過去に戻ることができたなら、両方を得る道が見つけられるかも知れない。

そのために必要なのはタイムマシンと、松平貴弘。でもそのどちらも、島から痕跡ごと消えているようだった。過去から乗ってきたはずのタイムマシンはなぜか消失して、松平貴弘も研究所を片づけて雲隠れ。本当に、あいつは島にいないのだろうか。

それを確かめるために、わたしの足は前田さんの家へ向かっていた。ニアの死を認めたら、今度はそれを覆せないかと悪あがき。わたしはどういう頭しているんだろう。だけど時間旅行を一度でも体験してしまえば、そんな夢物語にもすがってしまう。

道には自転車レース用の黄色いビニールテープが張られている。よくやるよ、と指で弾いた。そういえば、わたしの家には自転車がまだあるのだろうか。あったところで、参加するはずもないけどふと気になった。あるならわざわざ歩かなくても、自転車で前田さん家に行けばよかったのだ。住宅地の南側へ向かうときは下り坂が多いから、行きは楽だ。帰りは逆だから辛いのだけれど。

「……乗れるかな、自転車」

サドルに跨ったら事故の記憶で足が震えて、泣いてしまうかも知れない。

ビニールテープ沿いに歩いて、前田さんの家へ到着する。朝方には自転車で通りすぎていったのを見たけど、あの後帰っているのか。呼び鈴を鳴らす。

「はいはーい」と、すぐに前田さんが出てきた。濃い日焼けと、なぜかいつも濡れたような髪が目を惹く。容姿も声も態度も、全部わたしの知っている前田さんだった。

つまり、大嫌いなままってことだ。

「あれぇ、珍しいじゃん。どしたの」

馴れ馴れしく肩を叩きながら、年上ぶって接してくる。

この人はなにも変わらないみたいだ。人を傷つけていようと、いまいと。

「松平貴弘って、います？」

用件だけ手短に話すと、前田さんがぽかんと口を開けて、呆れる。

「なに言ってんの？」

その一言で、わたしの理想の展開は潰《つい》えたことを悟った。

「科学者センセは何年も前に島を出ていったじゃんよ。どういう質問よ、それ」

「あ、いえ。また戻ってきてないかなとか」

「んー、連絡もないね。あの居候、飯代も払わずに逃げたんだぜ。荷物が置いてあるから油断してたら、あっさりいなくなりやがった」

スイカをバカバカ食いやがって。前田さんが握りこぶしを作って憤る。あんな甲斐性なさそうな男に金銭面で期待する方が間違っていると思う。

「じゃあ連絡先とか分かりますか？」

「知らない。親戚の葬式とかにも出てこないしね、あの人」

徹底しているみたいだ。だけど、松平貴弘は世界のどこかにいる。死んでいないのだ。それなら、島を離れて探し当てることができれば、過去へ行ける可能性はある。

「分かりました。ありがとうございます」

「え、用ってセンセの話だけ？　なに、センセが恋しいの？」

早々に去ろうとすると、前田さんがからかってくる。この人の声、ほんと嫌いだ。

「そうなんです。もし連絡あったら、会いたいということを伝えてください」

「うわ、マジ？　んー、きみは前から思ってたけど男の趣味が悪い」

笑い転げそうな前田さんを残して、早歩きで離れた。

希望はある。どこまでも時間をかけて、最後までやり抜く気さえあれば。

この星のすべてを歩き抜けば、そのどこかに松平貴弘がいる。

ひょっとしたら。

そのためにわたしは、また歩けるようになったのかも知れない。


「ということでマチとデートすることになった」

「それは良かったな」

昼前にやってきた前田さんの家で、相も変わらず縁側に座りこみながら松平さんが生返事する。嵐が来ることを聞いて以来、研究所の復興には出かけなくなっていた。話している最中も、松平さんの手は休まらない。縄を丁寧に編み込んでいる。

「なにそれ」

「見て分からんか？」

「鉤縄《かぎなわ》」

先端の金具を摘みながら答えると、松平さんは生真面目に頷く。

「どう見てもそうだろう。なんと手製だぞ」

五指をわきわきと動かす。いや、器用なのは認めるけど。

「副業で忍者でも始めたの？」

「念には念を入れてな」

噛み合っていない答えである。作業の手を中断して、松平さんが座り直す。

「大きい方がいなくなったから、小さい方に乗り換えたのか？」

「いやいや。小さい方もこのままだと消えるからね」

「この段階でマチを監禁するつもりか？」

「監禁って、人聞き悪いな。外に出られなくするだけだよ」

「お前の言い方の方がよっぽど怖いぞ」

そうかな？　指摘されて、監禁と言葉を並べて比べてみたけど、判別つかない。

「監禁……は、時期尚早だよ。あと二、三日経って兆候が見られたら動く。そっちの準備も一応、しておかないと駄目かな」

見つかりづらい場所を確保しないと。マチを説得できれば一番だけど、どう話せばいいんだろう。大学の基礎教養科目である人間論では、人を監禁するための説得方法なんて教えてくれない。合意の上で誘拐なんて、不可能に思える。

「船をぶっ壊す方なら協力してやるぞ」

松平さんが若干楽しそうに申し出る。そういうの好きそうだな、この人。

僕も一度くらいやってみたくはある。ただ、どうしても気になっていることがある。

「なんで船なんだろう。ずっと考えているんだけど、そこに繋がらないんだ」

「さぁなぁ。ただ船で事故死っていうのはお前が一度しか介入しなかった場合だからな。二度目の介入を果たした以上、まったく別の死因になるかも知れんし、そもそもそんなことは起きなくなるのだってあり得る。判断が難しいな」

難しいと言う割に気楽な調子だった。いや、楽しそうだ。この人にとってはそうした、時の流れも研究対象に過ぎない。今回の事件はこの人が元凶なんだけど、どうにもそれを責める気が起きないのは、人柄というやつだろうか。

「それで？　デートの報告で用はお終いか？」

「いや、一緒に来た連中の様子を聞きたくてね。どうしてる？」

「知らんな。発電所に寝泊まりしているみたいだが、あまり会いに来ない。修理の様子も大して気にしていないようだし、ここでの暮らしが気に入ったんじゃないか」

「……気に入った、ね。ありそうだ」

幸せだった昔は、いいよなぁ。誰だって時々は戻りたくなる。

そして実際に戻ってみれば、自分が想像以上に頭の緩い子供であることを知ったり、好きだった女の子はやっぱり当時からかわいかったり、と色々な真実がある。

裏袋は、歩ける自分を見てどう思ったかな。

それとももう一人。裏袋の隣にいた男。僕の記憶にない、同年代の少年。今ならあいつの正体が確証はないものの分かる。多分、あれは林田近雄だ。

つまり、僕の知る歴史の中では、その年まで育たなかったから知らないのだ。と、思う。

あいつは、裏袋と仲が良かったからな。家が近所だからだったか。

聞いたところで本名は名乗らないし、しつこく聞くのもおかしな話だ。確認は取れないが、さして問題ない。あいつが近雄だからって、僕のやることに関係はない。

「もう用は終わりか？」

「用がないと会いに来ちゃあ駄目なのかい？」

「ま、邪魔だ。鉤縄の強度テストもしておきたいな」

ひでぇ。行かなかったら寂しいと宣《のたま》うくせに、来たらこれかよ。ひねくれ者め。

鉤縄のテストというのは少々心惹かれるものがあるが、祖母に頼まれた買い物やらがあるので、ここらで失礼することにした。前田さんと会うのも面倒だし。

立ち上がって、松平さんの頭部を見下ろす。無造作というか、雑草頭だな。

「松平さんの夢って、タイムマシンを作ること？」

「夢か。まぁ夢というか、目標ではあったな」

ふと、気になった問いだったが松平さんはすぐ答えてくれた。そして、その顔が少しだけ曇る。鉤縄の先端を持って、縄を蛇のように波打たせた。

「だがもう止めるかも知れんな、研究」

「どうして？」

「人の嫌がることは止めましょう、だ。学校で習わなかったか？」

松平さんの目がきろりと上を向き、僕を射抜く。

「迷惑をかけたなら、止めておいた方が賢明だろう」

「……意外だな、そういう良識があるの」

言い方に熱がまったく籠もっていないのはさておき。そんな判断を下せるなんて。

「時間に拘《こだわ》っていたのは俺の先生の影響だからな。それに最近は他に興味のあることが出てきてな、そっちの道を進むのもいいかなと思っている」

「ふぅん。興味のあることって？」

「そうだな……次は煙玉でも作ってみるか。焙烙火矢《ほうろくひや》も捨てがたいが、火薬なんてどこで買ってくればいいんだろうな」

「だからなんで忍者なのさ」

タイムマシン→忍者。興味の推移が本当に謎な人である。

でもこうなると未来に戻ったときに、タイムマシンは存在しないかも知れない。

「…………………………」

それはそれで、不思議と寂しくもある。冒険の終わりを迎えるみたいで。

そうして去り際、松平さんに一言だけ、旅行の感想を告げておいた。

「過去に飛んだこと、悔やんでいるわけじゃないんだ」

お陰で、知ることができたこともある。ゼロじゃないんだ、僕の旅は。

だから後は、終わりよければすべてよしを目指して、また旅立ちましょう。

松平貴弘が島にいないとはっきりして、もう外を出歩く目的はない。しかし人生の目標はできた。松平貴弘を探すこと。それが、わたしの人生の意味となった。出会ったところで、あいつが本当に協力してくれるのか。わたしの事情を知りながら、なぜ、この島からいなくなったのか。不安の種は尽きない。だけど、希望はあの熊みたいなオッサンにしかない。死者を蘇らせることができるのは、時間だけだ。

松平貴弘を探すために、さし当たって必要なのはお金だ。闇雲に歩き回ることも、誰かに人捜しを頼むことも、どちらにしても大量のお金がいる。どのくらい貯めればいいのか分からないけど、早速、貯蓄を始めないと。大学は辞めて働こう。

家に戻ったらその旨を両親に伝えるとして、働き口はどう探そう。この島では漁業関係の仕事に就いている人がほとんどだ。わたしの働く隙間はあるだろうか。父にどこか紹介して貰ってもいいけど、もっとお金になる仕事はないものだろうか。老婆になるほどの歳月を重ねてでもこの世界を変える覚悟はある。だけど、松平貴弘がその間に死んでしまったら本末転倒だ。互いの寿命に余裕がある内に探し当てたい。

雲行きは怪しい。それならいっそのこと、タイムマシンを自分で作ってしまえばいいのだ。そんな発想に行き着き、道の真ん中で自嘲する。それができれば苦労はしない。タイムマシンなんて、どうやって作るのか見当もつかない。

そんなものをこんな島の片隅で作ってしまう松平貴弘は、子供の思い描く不思議な科学者そのままの人物であったと気づかされる。夢が骨組みに肉を纏うことで、あんなオッサン科学者が生まれるとは誰が想像しただろう。

というかそもそも、あのオッサンが元凶なのだ。

だからニアを殺した責任は、絶対に取ってもらう。

松平さんと別れた後は、小学校の校門付近でマチを待つつもりだった。待ち合わせ場所を指定するのを忘れたので、下校時に確実に会える場所で待つのが一番だ。ただ、不審がられる恐れがあったので少し距離は置いた。狭い学校なので、校門付近からでも下駄箱の様子が窺えるのはありがたい。

小学校の授業が何時に終わるのか、自分も経験したはずなのにあまり思い出せない。長時間でも待つ覚悟で、小学校のグラウンドを囲うフェンスに背中を預ける。野球がやっとできるくらいの広さであるグラウンドに人気はなく、隅っこに片づけ忘れたサッカーボールが転がっていた。周囲を確認して、グラウンドに入りこむ。

小学校の教師である父親に見つかるのは、こちらの心情として避けたい。急いでサッカーボールを回収して、外へ戻った。ボールは土汚れが激しく、空気も抜けかけているのか一部が頼りなくへこんでいた。へこんだ箇所のせいでボールが上手く転がらない。ドリブルも満足にできないが、なんの問題もない。僕たちはこのボールでサッカーではなく、ドッジボールをやっていたからだ。

そのボールを蹴り上げる。島で見かけない若者がなにもしないで突っ立っているよりリフティングでもしている方がまだ警戒されないだろう。いやかえって目を引くか？　疑いながらも、落下してきたボールをもう一度、頭より高く蹴った。

サングラス越しなので、太陽を見上げても苦にならない。だけど額でボールを受け止めると、サングラスが目もとで跳ねて危なっかしい。それと頭の上に土の欠片《かけら》が散って、降りかかってくるのもいただけない。頭は使わず、足だけでボールを扱うことにした。

空気の抜けて歯ごたえのないボールを蹴りながら、マチと話すことを纏める。

まずはマチの、僕に対する反発を解消しないといけない。そうしないといざ、行動に移ろうとしても逃げられてしまう。監禁するにしても、仲良くなっておかないと。

「あーでも、無理に事を荒立てなくてもいいか」

当日、絶対に外に出ないでくれとお願いすればいいわけだ。完璧ではないけれど、穏便に済ませるならそれが妥当だ。問題は、マチが大人しく人の言うことを聞く性格か、という点だ。行くな行くなと言われたら、逆に行ってみたがるやつだからな。

とにかく心証を良くすることが第一で、次に昔の僕との仲直りを試みる。仲裁役を買って出ようというわけだ。これはもしかするとマチの死には関係ないかも知れない。だけど、このままだとまた口も利かないまま別れてしまうことになる。

それが僕たちの正しい在り方であったとしても、納得はしない。

拒絶するように蹴ったはずのボールはへこんだ部分が足にまとわりつき、まったく飛ばないで地面を転がった。そう、こうなるから僕たちはサッカーを止めたんだ。

そうしてボールを蹴ること一時間弱、ようやく下駄箱が賑わい出す。その頃には額や背中が汗まみれで、肩で息をしていた。ボール蹴りに熱中しすぎてしまった。

ボールを適当にグラウンドに投げこんでから、下駄箱を見張る。下級生やマチより先に出てきた、独りでしょぼくれて歩いている、情けないクソガキが目に留まる。見るからに情けない面構えで、将来はろくな大学生にならないことが明白だ。

つまりそれが現在すべて該当する僕なわけだな。

今日もその隣にマチはいない。あぁもう、見るに堪えん。

校門からとぼとぼ出てきたところを捕まえた。

「よぅ」

「お、グラサンマン」

不名誉な呼称をつけられたが訂正はしない。僕を見上げて、昔の僕が立ち止まる。

「息荒いぞ」

「そういう年頃なんだ。きみの方は、あー、あの女の子と帰らないのかい？」

我ながら白々しいなぁ。昔の僕が俯き、ぼそぼそと言い訳する。

「いま、ほら、けんたいきだし」

「そうか」

多くは語らん、けど。

「あの子は来年になったら本土の方へ引っ越す」

「えっ？」

「もう会えないかも知れないと思ったとき、お前の望むことはなんだ？」

答えは分かり切っていながら、敢えて自分に問う。顔を慌ててあげた昔の僕は、その問いに答えるどころではないようだ。僕のもたらした情報に動揺し、真偽を探るような目で見つめてくる。それをはぐらかしながら、もう一つだけ助言を重ねた。

「また後で、はないかも知れないんだ。悔いは残すなよー」

そう言って、昔の僕と別れた。通学路と正反対の東の道をてってくてってくと歩いていく。しばらく歩いて振り返り、昔の僕がいなくなったのを確認してからまた校門に戻った。なんて格好悪さだ。この一部始終を誰かに見られていたらサングラスが涙で滲むこと受け合いだ。目撃者がいないことを祈ってから、また下駄箱の観察に戻った。

「お？」

マチが下駄箱で男子と話している。昔の僕が勇気を出したか、と目を見張ったが輪郭からして違う。相手は近雄だった。意外な人物とマチの接触に、思わずたじろぐ。近雄は別段、マチと仲が良かったわけではない。いや僕が知らなかっただけで、実は裏では二人で……は、ねぇな。だってあいつ、死んでしまったから。今日という日にマチと近雄が並び立つことは本来、あり得ないのだ。どういう繋がりだ？

マチが気難しそうな顔でなにごとかを語り、近雄が得意げに胸を張って答える。距離があるので会話の内容は聞き取れない。マチに関することならなんでも知っておきたいのに。後でマチからそれとなく聞き出せないか、試してみるとしよう。

……あれ？　マチがルービックキューブ型の時計を近雄に差し出したぞ。僕が色を揃えたままのそれを近雄が嬉々として受け取り、ランドセルに詰める。プレゼントでもしたのだろうか。昔の僕がヘタレすぎて愛想尽かされたのでは、と段々と本気で心配になってきた。

二人の会話が終わり、近雄は下駄箱の脇で靴を履いて留まる。裏袋でも待っているみたいだ。マチの方は先程の僕みたいに一人で校門へ向かってくる。こちらはしょぼくれた様子もなく、なにか気負うような顔つきだった。九年後のマチに似ている。

「……当たり前か」

似ているもなにも本人だ。あの顔とまた出会いたい、どんな手を使ってでも。

校門から出てきたマチと目が合う。先に手をあげた。

「やっほー」

「む、グラサンマン」

昔の僕とまったく同じ呼び方だった。感性の画一化が嘆かれる。

「待ちきれないから、こっちから来てみたよ」

「ほっほーぅ」

マチがにやつきそうになる。それを慌てて手で押さえた。それから、道の左右を見渡す。なにをしているのだろうと最初は疑問だったけど、すぐに気づいた。

「あ、いつも一緒にいる子ならさっき帰ったみたい」

「いないしっ」

唇を尖らせて反論してくる。いんやぁ、今も一緒にいるんだけどね。

でもマチも、僕のことを気にしてくれていたのか。気づけなくて、後悔する。

「それより、でぇとってなにすんの？」

「そうだね……きみのベストプレイスに行こうか」

灯台と迷ったけど、あそこは同級生たちの遊び場でもある。邪魔が入らないとするなら西側の岬だった。岩場で遊ぶ場所が狭いから、子供がやってこないのだ。

「海岸でよりそうのか。ロマンティーじゃあないか」

お茶になっている。しかも前半も意味が分からずに言っていそうだった。マチがランドセルを背負い直して背伸びをした後、僕の隣に並ぶ。昔のアホはともかく、僕の方への反発は薄れたみたいだ。ルービックキューブの色を揃えたのが効いたかな。

「ちゃんとついてこいよー」

マチがランニングを始める。「ほっほっほ」とリズムを守って息を吐く。なんで走る必要があるんだろう。デートって風情じゃねえなぁと思いつつ、素直に追いかけた。

意識してか、いないのかマチは島の東側を走ることを選んだ。西の海岸へ向かうには遠回りだが、しかし西へ行くと昔の僕に追いついてしまう。九年後のマチは、こういう意識を徐々に高めて僕との間に壁を作ったのだと、歴史をなぞるように学ぶ。

マチは走り続ける。もし僕がその命を救ったら、マチはまた歩けなくなるのだろうか。それとも、それさえも変えてみせるか？　いつ事故に遭うかも分からないのに。……事故が起きて、それから何年も経って。また、タイムマシンで飛べばいいさ。すべての不幸から彼女を守りたい。すべての不幸を、他人に皺寄せる。

僕はマチ以外の人間からすれば、害悪でしかない。

そうなることを願い、望むのだ。

どんな時でも。どれだけ分厚い壁があっても、乗り越えて。

僕はいつだってマチを追いかけて、走っていく。

家へ戻る頃には、松平貴弘に向けた敵意のような情熱で頭が沸騰していた。居ても立ってもいられないとはこのことだ。熱のやり場がなくて、耳や鼻から放出しているように顔が熱い。行動が一々大げさに、大きくなってしまう。傍から見ると格好つけようとして失敗しているように見えているると思う。実際、色々間違っていた。サンダルを脱ぐのにも玄関で暴れる始末。どうやってそんなことに苦労してんだよと自分でも思うほど、二の手間、三の手間をかけて脱ぎ散らかした。熱い。まったく昴ぶりが収まらない。どんがどんがと床を踏む。だだだだと足踏みする。

「うるさい」

母親に怒られた。しかしそれぐらいで熱が冷めることはない。

「ごめんなさいよぉー！」

「だから、うるさい」

顔を縦に摘まれた。頬が寄せ上がり、たらこ唇の一丁上がりである。

そのまま母親と会話する。

「おとうふぁんは？」

「タバコ買いに行った」

ちっ。鈍い舌打ちをこぼす。一刻も早く働き口を紹介して欲しかったのに。そこまで無表情だった母親が堪えきれなくなったのか、わたしの顔に噴き出す。

「あんた面白い顔してるのね。どっちに似たの？」

「鏡を見てみよう」

顔を離して鼻の先を指で弾かれた。「あいたー、あたたたー！」と大声で痛がっていると、母親が急に思い出したように、手のひらを拳で叩いた。

「そうだそうだ、さっきあんたを訪ねてきた人がいたのよ」

「わたしを？」

思いつかなかったので廊下の奥に首を伸ばす。誰の姿もない。

「いないって言ったら伝言だけ残して帰ったわ」

「伝言？　なに？」

なんの気なく尋ねる。それはわたしの油断、怠慢でもあった。母の無自覚な一言が、わたしの昂ぶりにトドメを刺す。

「ヤガミさんが、神社で待ってますって」

学校から島を約半周、住宅地以外の主要な場所を全部通過して件の岬に到着した。

途中、研究所付近で裏袋と近雄にすれ違ったが、視線をくれたのは近雄の方だけだった。裏袋とは九年後も面識があるはずだけど、他のことに気を取られていたようだ。

あの二人が並んで歩くのを見ると、僕とマチのことを連想せずにいられない。

「ん？　ぼーっとして、どした？」

「うん、ちょっとね」

岬まで一度も足を休めなかったマチは息も切らしていない。ランドセルまで背負っているのに、さすが体力バ……もとい、特訓を己に課しているだけある。

岩場に座りこみ、砂浜を踏む。マチもその隣に座ってきた。

「さすがわたしのべぷれだ、いい景色だぜ」

ベストプレイスの略称らしい。なんでも略したり、あだ名つけたりするのが好きなんだよな。島の子供の特徴でもある。同級生をそれぞれ、本名で呼んでいるやつの方が少なかったと思う。

「外の人がいるせいで、ちっとも来られなかったぜー」

「別に来ればよかったじゃないか。今度一緒に釣りでもしようよ」

釣り竿取られたけど。マチがちちち、と人差し指を横に振る。

「ここはねぇ、ヒミツトックンの場所なのよ。人前でできっか」

「あぁ、そうだったね」

まったく秘密じゃないけど。それから二人で少しの間、波を眺めていた。その際、邪魔なのでサングラスを外す。黄ばんでいない海は、淡い緑色だった。

三分くらいで飽きたのか、マチが足をじたばたさせながら話しかけてくる。

「でぇとってこんだけ？　もっとどばーってないの？」

「どばーっと……なにか話そうか」

僕が大学で学んだデートはそれだけだった。ご飯食べて、本屋ぐらい覗いて、後は喫茶店で喋るだけ。しかもこれも友人の受け売りで、僕自身は誰とも実践したことがない。僕が一緒に出かけたいと願う女の子とは、仲が最低も良いところだったから。

「なんの話だー？」

「んー……あ、きみが前に言ってた鳩時計の落書きを見たよ。イケメン鳩になってた」

「いけめん？」

マチが首を傾げる。おっと。この時代にはまだ一般的じゃないのか。つまりルックスはイケメンじゃないわけで、どう言ったものか。

「がいじん語か？」

きみの言語センスの方が外人語になっていると思う。

「男前になってたってこと」

鳩だからオスかも知れないが、オス前とか言うとまた外人語になってしまう。

「なんでそんなの知ってんの」

「あの子の家へ遊びに行ったとき、丁度鳩が飛び出してたからね」

マチの顔が途端に不機嫌に塗り変わる。昔の僕がお気に召さないようだ。

「あいつと仲いいのか」

「それなりにね。きみは、仲直りはしないの？」

「仲直りぃ？　なんでわたしからそんなことしないとだめなの、あいつが悪いんじゃん」

「……うん」

ごもっとも。

「でも、きみの方から声をかけてあげないと、なにも起きないかも。あいつ、ほんとどうしようもないやつだからね」

「じゃー、しなくていいや」

マチがそっぽを向く。本心なのか、意地っ張りなのか。後者であってほしいな。

「話したいことって、こんなこと？」

「ん、まぁ」

「帰る」

マチが岩場から降りる。去ろうとするその肩を「まぁまぁ」と摑んで引き寄せた。

「わたし忙しいの。準備しないとだめだし」

「準備？」

「外の人には関係ねー。あいつとのことも、関係ねー。ねーねー尽くしなの」

僕の手を払って、下唇を突き出しながら睨む。話す順番を間違えたな、と後悔がよぎる。先に五日後の話をすればよかった。敵愾心《てきがいしん》を抱かれて、こうなると聞き入れてくれるかも怪しくなって、けれど一番大事なことを頼まなければいけない。

生半可な態度では不信感を煽るだけだろう、だったら。

「あと、一個だけいい？」

「やだー。ばいばーい」

手を振るマチを無視して強引に話を切り出した。

「これから、五日後の話なんだけど」

「ん、ん？　五日、っていうとごにちご？」

困惑するマチの前で、僕は躊躇わず砂浜に膝を突き、土下座した。

「お願いします、その日は一度も外に出ないでください」

額を強く押しつけて懇願する。砂は波にさらされているためか、じっとりと冷たい。顔を上げないのでマチの表情は窺えないが、漂う空気から狼狽しているのは伝わる。

そりゃそうだろう。いきなり土下座を始める変な男を前にすれば。

「な、なんだー、急によぉ」

「理由は言えない。でもきみが危険なんだ、だから、その日だけは。頼む」

擦りつける頭と砂の間に、寄せてきた波が入りこむ。目と鼻が不意打ちに海水を取りこみ、どちらにも激痛が迸った。涙と鼻水がぐじゅぐじゅ出て、口も塩辛い。

「出るなって、学校どーすんの」

「その日は休みになるから」

「な、なんでじゃー。さっぱり分からんぞ。それに、五日後は、あれだし」

たじろぐマチの足が見える。顔を上げると、「ぎゃ」とマチが短く悲鳴を上げる。顔面がさぞ悲惨なことになっているのだろう。もしくは面白くなっている。

湿った砂はパラパラとこぼれず、額にくっついたままだ。重たい。

その重たさに俯きそうになる自分を律して、うへへと笑う。

「言ってること、意味分かんないよな」

「もうまったく、さっぱりぱり」

「だよなぁ。……もっとさ、上手くできればいいのに。なんでこうなるんだろう」

自嘲で肩が震える。目から海水が流れているのか、涙なのか区別がつかない。流れてくるそれはどちらにしてもしょっぱいだけだった。

「……お？」

マチが僕の額の砂を落とす。ばさばさと崩れるように、砂が浜へと還る。

お互いの顔は近く、三十センチぐらいしか離れていない。

中腰のまま、マチが言った。

「前も思ってたけど」

「前？」

それがいつを指すか分からず、目を泳がせている間にもマチは話を続ける。

「外の人は、あいつとおんなじ匂いがする」

「……あいつって、あぁ、昔の、」

「そこが気に入らねー！　ねーのー！」

僕の失言をかき消すように、マチが喚き立てる。顔を真っ赤にして、怒っているのかなんなのかさっぱり分からない。そして、今度こそマチは走り出す。

ランドセルを派手に揺らしながら、その小さな体軀が全力で離れていく。

時は超えられるのに、その背中を追いかけることはできない。

匂いがするって、そりゃそうだろう。

だって僕はあいつなんだ。あの頃からなにも変わっていない。

ずっとこの島にいて、後悔ばかり積み重ねて。

いつもきみのことばかり、考えていて。

「好きなんだよぉぉぉぉぉぉおおおぉおおお！」

独りで勝手に盛り上がって告白してしまう。

僕が九年前に言わなければいけなかったそれは、もう、誰の耳にも届かない。


予想外の事態が正面からぶつかってきて、目の前で火花が二度散った。

暴れん坊なのに臆病な熱気は一瞬でわたしから逃げ出し、身体を震わせる。頭の中で時計の秒針の進む音がした。その幻聴と、母親の一歩踏み込む音が重なる。

「急に黙って。あんた、ヤガミさんになにかしたの？」

「それは、」

こっちが聞きたいことだ。ヤガミカズヒコに、なにかしませんでしたかと。

「神社ね、分かった。すぐ行く」

まるでヤガミカズヒコに直接返事するように言って、玄関へ引き返す。『ヤガミ』が神社にいるなんて、冗談のつもりだろうか。今度はサンダルではなく靴を履いた。

全力で神社へ向かうつもりだった。

「わたしってヤガミカズヒコと仲良いの？」

出かける前に母親に確認してみる。母親は言動の怪しい娘を不審に見下ろしている。

「そんなことはあんたしか知らないでしょ」

分からないから聞いたのに突っぱねられた。まぁいいや、行けば分かる。

わざわざわたしを指名するぐらいだから、絶対に、なにか知っている。

「あと自転車の鍵どれ？」

棚の上にある、木で編まれた鍵入れを母親に見せる。ますます目つきに疑わしいものが混ざったけれど、母親が鍵を摘み上げる。装飾として紫の鈴がついていた。

「ありがと」

その鍵を引ったくって、外に出る。やっぱり自転車はあったんだ。

玄関先をうろつき、塀と家の間にしまってある自転車を引っ張り出す。母親が不安がるように、玄関の扉から顔を覗かせている。それを追い払う仕草を取ってから、自転車に鍵を差しこむ。赤と緑の混ざった派手なフレームに、銀色の塗装が目に痛い籠。典型的なママチャリをこいで、道路に出る。自転車の乗り方は頭が覚えているというう。身体と頭が未だちぐはぐなわたしが乗りこなせるだろうか。問題はそれだけじゃなく、事故の記憶とも戦わなければいけないという大きなものがあった。

ペダルに足を乗せて、がっがっがと踏む。足の置き場を思い返す。その間にも脂汗のようなものが額を割り、鼻先をくすぐる。嫌な汗が次々と浮かぶ。吐き気と、最後に感じたあの激痛が下半身を襲う。それを最後に、わたしの足は動かなくなった。

息が乱れる。熱はない。心には乾いたまま、風が吹く。枯れた息が喉を切る。

ハンドルは握りしめているんじゃなくて、指が固まったまま動かせないだけだ。

自転車から降りる。元の隙間に戻した後、鍵を握りしめたまま走った。

泣き崩れている場合じゃない。復活ができなくなるほど折れる前に、わたしは自転車を諦めた。今はそれよりも優先することがある。懸命に、地面を蹴った。

自転車に敵うわけもないけれど、確かな加速を足の裏から感じる。住宅地を駆け抜けて、ビニールテープ沿いにカーブを曲がる。自転車レースのコースを逆走する形で、ぐんぐんと北上していく。すれ違った自転車二人乗りの男女が、わたしの形相を見てか驚いた顔となっていた。失せろ、と息を吐くついでに呪っておいた。

船着き場の前を一気に通過する。そこまで走ると心臓の鼓動が足音より速まって伝わってくる。どこまでも走っていけるような心情と裏腹に、身体の方は正直に悲鳴を上げる。足も肺も重い。上がりそうになる顎を強引に下ろし、歯を食いしばった。

石段の方まで回ってくるのが面倒だったので、船着き場を過ぎた直後に右へ曲がる。縦線だらけの林の間を突っ切り、丘のように盛り上がる土地を回りこんで、神社の階段の下まで走りきる。道を短縮しても限界だったのか、足がもつれた。膝に手を突いて転ぶのを防ぎ、そのまましばらく息を整える。曲げた背中はなかなか真っ直ぐに戻ってくれない。ヤガミカズヒコと出会うことへの緊張も含めて、身体が強張っていた。肺が裏返ったように痛い。酸素は喉を焼く毒のようだった。

希望を見ようとした矢先に現れた『ヤガミカズヒコ』は、太陽なのか。

それとも泣きっ面に蜂の意向をちらつかせて、舞い降りるのか。

すべては神社で、神のみぞ知る。

さぁ上ろうと覚悟を決めて、顔を上げると。

神社の階段を下りてくる、その人影が太陽を覆った。

人影は最初、逆光で黒く塗り潰されていた。それが光で気化していくように、次第に剝がれていく。演出のように、足もとから色を宿していく。

あれが。

こいつが、ヤガミカズヒコ？

まったく見覚えのない男は、階段の最後で立ち止まる。

わたしより一段、上に立ったまま弱々しく微笑む。

そいつの艶《つや》やかな唇が、流麗な声で。

「ごめんみぃちゃん。でも、ありがとう」

# 十章　『明日も彼女は恋をする』

「ちょっとの間に、随分と手がたくましくなったもんだね」

畑弄りの合間に、祖母が僕の手を覗きこみ、そんな感想を漏らす。僕の手は記憶のない九年間によって鍛えられている。祖母からすれば二週間前に見ていた手と別物に見えるのだろう。

僕からしても、手首から先は継ぎ接ぎのように感じていた。

「そろそろ今日は終わろうかね」

祖母が軍手を外して、曲げていた腰を伸ばす。島民で農業を行っているのは祖母だけと言っていい。そういう捻くれているところが好きだ。

「そうですね、雲行きも怪しくなってきましたし」

ネズミ色よりずっと濃い雲の広がる空を見上げながら同意する。人の運命を変えることはできても、世界の運命というものは変わらない。嵐を避けることはできない。

明日、この町を大嵐が襲う。それはマチの死ぬ日でもある。

……ああ、違った。僕がマチを救う日だったな。

「嵐が来ても大丈夫なように、畑にシートでもかけておきますか？」

明日のことを踏まえて提案しておくと、祖母が曇り空をキツイ目つきで睨む。

「嵐？　そんな大事になりそうな天気なのかい」

確かに兆候は見られない。今は雲行きもぐずついているだけだ。だけど明日、夕方と夜の境目が訪れると同時に、それは本格的にやってくる。ぱらつく雨が槍のようになり、肌寒いだけの風は屋根瓦も吹っ飛ばすようになる。

「来そうだな、と思って」

曖昧に濁す。予言なんてあやふやなものじゃないけど、根拠を出すことはできない。

そうすると、祖母がいひひと、なにか思い出したように笑う。

「そういえば、あんたは未来から来たんだったね」

心臓がぎゅっと縮む発言だった。全部見透かされていたのか、と衝撃を受けそうになったが、そういえば、と思い出す。二週間前の嵐の日に、そんな話をしたんだった。あれが最後だと考えていたからつい話してしまったけど、今考えると気恥ずかしい。

何食わぬ顔で世話になっている点も含めて。

「そうなんですよー、だから一応ね、うん、一応」

笑顔で動揺を隠しながら、庵の脇にある倉庫へ向かう。シートの代わりになるものぐらいはあるだろう。腕の振りがぎこちないのを自分で感じながら、祖母から逃げる。

祖母は僕に『なにか』があると感じている。そうでなければ、いつまでもこうして家に置いてくれていないと思う。祖父さんに顔が似ていたり、孫と同じ手だったり。ひょっとしたら、正体を察しているかも知れない。だけど祖母はそれを明確に口に出すことはないだろうし、僕もまた、本当に名乗ることはもうない。ここには昔の僕がいる。昔の僕だけが、僕として生きる権利がある。そこに割りこむことはできない。

倉庫に古めかしくはあるもののブルーシートがあったので、それで畑を覆うことにした。とはいえ、慎ましい畑と言ってもシートの面積が足りない。すべてを保護することはできなくて、半分を守るのがやっとだった。地面にシートごと杭を打ち、風で飛ばないように対策する。その作業を一人でこなす僕を、祖母が見守っていた。

「こうまですると、かえって嵐が来た方がありがたみ出そうだね」

ふぇふぇと祖母が愉快そうに肩を揺する。嵐が来ることを喜ぶ小学生のようだった。

「じゃあ、僕はちょっと出かけてきます。今日は余所で泊まってくるんで、夕飯はいいです」

「ふぅん。傘持っていった方がいいんじゃないかね」

祖母が家の玄関に立てかけてある黒い傘を取り、放ってくる。空中で掴んで、それがいつか昔、小学生の僕が忘れていった傘であると気づく。今頃、帰ってくるなんて。

「行ってきます、」

祖母ちゃん、と言いかけた口を塞ぐ。祖母はまるで見透かすように、口もとを緩めながら手を振った。

祖母と別れた後、ポケットを漁るが目当てのもの、携帯電話なんてあるはずがない。

この時代は携帯電話が島で普及していないから不便だな。携帯ショップなんてあるはずもない。松平さんも持っていないだろう。だから前田さんの家へと走った。

今日は平日だから、マチは小学校にいるはずだ。場所がはっきりしていて、待ち伏せには好条件といえる。僕としてはやはり、事前に策を取らずにはいられないのだ。当日に行動を起こすようでは遅いのだ。勝つためには後手に回ってはいけない。

そう、運命に勝つために。

前田さんの家へ勢いよくお邪魔する。呼び鈴を二度鳴らしてみるものの、反応はない。前田さん一家と松平さん、両方不在のようだ。となると松平さんは、研究所か。

引き返して、島の南側を走る。三角形を描く美しい島を歩くための遊歩道は、この時代にはまだ整備されていない。観光客の宿泊施設も満足になければ、水道状況も悪い。水不足は毎年深刻だ。テレビだってブロードバンドじゃねーんだぞ、どうだ参ったか。

小学校の前を通過する際、校門から中を覗いてみる。小、中学校が纏めてあるその校舎の教室から灯りが見えて、下駄箱に人の気配はない。昼前だから当然だな。

すぐに首を引っこめて、研究所へ向かった。

研究所跡の前に駐車してあるタイムマシンから物音が聞こえてくる。松平さんが修理を行っているらしく、車内で装置らしきものを弄っていた。

運転席の側から窓ガラスをノックすると、松平さんが車外に出てきた。

そして開口一番、早口でこんな話を始める。

「聞いたか？　何年先か知らんがデロリアンの再生産が始まるらしい。未来の俺だって知っているだろうに、どうして買わなかったんだろうな」

「昔のやつが欲しかったんじゃない？　中古がどうこう言ってたし」

「そういう拘りは、さすが俺と言うほかないな」

拘らなかった場合はどう自画自賛したんだろう、と少し気になった。

「お前の言うとおり、雲行きが怪しい。嵐が来るんだろうな。きっとテキサスとかブラジルあたりで蝶がいっぱい羽ばたいているんだ、あぁ恐ろしい」

冗談めかして松平さんが頭を抱える。誘蛾灯の周囲を飛び交う蛾の大群を想像すると、確かに不気味だった。虫という生き物は単独だと儚いのに、集団になると寒気がするような嫌悪感を与えてくる。どういう理屈だろう。

そんな些細な不思議を胸に抱きながら、ここに来た目的を伝える。

「今日、マチを誘拐する。準備はいいかい」

敢えて物騒な言葉を選ぶ。松平さんは事前に話していたこともあってか、動じない。別のことで目を丸くしていた。

「俺も手伝うのか？」

「勿論。友達だろ」

言い方は軽いけど、この人しか頼れる相手がいないのだ。目を見て訴える。

「この時代のお前とは、まだ友達って感じでもないんだがな」

身も蓋もない事実を冷静に指摘されてしまった。しながらも、松平さんが気安く肩を叩いてくる。それ以上は口にこそ出さないけど僕と並び、笑っていた。

それが彼の答えであると知り、こっちも頬をほころばせる。

「誘拐ね。お前の選んだ手段はそれか？」

「うん。救えた後なら捕まっても構わないんだ」

「俺は困るぞ」

そう言いながらも松平さんの声は軽快で、表情も明るい。

「お前がマチを救う。そして未来がまた変わる、か。お前、見た目と裏腹に凄いことやってるんだぞ。自覚あるか？」

「あるよ。責任は、取らないけどね」

時間旅行なんてどうあがいても、世界にとっては悪徳でしかない。

「これが終わったら、もうこっちに帰ってくるなよ。Part3はいらんぞ」

「……ん、ああ」

曖昧に答えつつ、空を見上げる。

この空が晴れるそのときまで、マチを守り続ける。してみせるんだ。


「そろそろ落ち着いた頃かと思って、会いに行ってみたんだ。そうしたら丁度、すれ違いになっていたみたいだね」

その男は、わたしより八つか九つほど年上に見えた。全体で渦を巻くような癖毛に、身体より一回りサイズの大きい、野暮ったい服の着こなし。緩い目つきも含めて、ぼやけた印象が強い。目の焦点を合わせづらい、そんな男だった。

そいつが階段の上に立ち、わたしを見下ろしている。背中に羽はなく、頭に輪っかはなく。残るのは世捨て人のような、世間の垢を感じさせない雰囲気だけの男。

その男の、名前は。

「ヤガミカズヒコ？」

「うん」

至極あっさりと頷く。そして、階段を下りてわたしとの距離を縮める。

ヤガミカズヒコが、目の前にいる。頭が混線して、考えが纏まらない。

「明日は自転車レースだね。毎年参加しようか迷って、でもいつも辞めるんだ」

右を向き、脈絡のない自分の話を語る。唇は妙に艶があって、目を惹く。

「どうして？」

「きっと優勝できないから」

違う、そんなことを聞きたいんじゃない。吠えそうになる自分を抑える。

「あんたは、わたしの事情を知ってるの？」

身の上を。ニアを失ったことを。本当は車いすに座っていたことを。

時間旅行のことまでも、知っているのか。

口に出さずとも、そこまで含めた問いかけであるとヤガミカズヒコには伝わったはずだ。そうでなければ、わたしを指名してくるはずがない。確信はある。

だけどその答えを、ヤガミカズヒコの口から直接聞きたかった。

ヤガミカズヒコは顔を逸らしたまま、遠くを見つめている。

「答えて」

要求を重ねる。そうすると、ヤガミカズヒコの横顔がまた淡く微笑んだ。

それがヤガミカズヒコの、質問への答えだった。

「自分の足で歩ける気分はどうかな、裏袋美住《みか》」


今更だけど、マチの本名は井上真理《いのうえまり》という。そこからどうしてマチというあだ名が生まれたのかは忘れてしまった。名前の漢字を僕が読み間違えただけとか、そんな下らないことだったかも知れない。だけど今となっては、なにより大事な名前だ。

「考えてみれば、人さらいなんて初めてだな」

「え、振り返らないと分からないの？」

頼もしいのか、呆れるべきか。振り返った先に立つ松平さんは素の表情だった。

僕たちは昼前からずっと、小学校正門の正面に生えた木々に紛れつつ待機していた。

さすがに大男含む二人組が校門の脇で待ち構えていたら、教師が飛んでくる。島のどこにいるのかも知らない駐在さんの出番がやってきてしまう。

しかしこの場所を選んだのは失敗だったかな。羽虫が飛び交って足もとや顔に張りついてくるのが鬱陶しい。茂みの向こう側では蝶が飛んでいた。

羽に赤色の斑点がめだつ、黒い蝶だ。この島で見ることのできる珍しい蝶だと、観光案内で紹介されていた気がする。当時の僕としては蝶よりも、島の人口数が四百四十人前後ということにビックリしていた。そんなに人がいたのか、と驚いたのだ。

「これで俺も犯罪者の仲間入りか。泣けてくるよ」

「借金返さないのは犯罪じゃないの？」

「お前はタイムマシンで未来に逃げられるからなぁ。俺も逃げようかな」

完璧に無視された。ついでに言うと松平さんは身体が大きすぎて、木の幹に隠れきれていない。はみ出ている。忍べないあたり、忍者の素質はなさそうだな。

「さらった後はどこに連れていこう。アテはない？」

「なんだ、考えなしだったのか……神社でどうだ」

「神社？」

「祭殿には鍵がかかっている。そこには入れないと、島民も考えるだろう」

なるほど。それは盲点であり、素晴らしい。だけどちょっと待った。

「いや、鍵かかっているなら僕らも入れないし」

「鍵ならあるぞ。前田の家の納屋に転がっていた」

ほれ、と松平さんが山なりに放ってくる。足もとの草むらに落とさないよう、注意を払って両手で受け止めた。それは家庭で使われる鍵より仰々しく、大きい。錆のせいか黒ずんでいて、金属の匂いが鼻を包む。

「なんで前田さんの家に……そうか。祭り事はあの家が管理しているから」

「その名残だろうな。どうせこんなもんの存在も忘れているんじゃないか」

「準備いいね」

松平さんが肩をすくめる。

「お前なら必ずこうするだろうと思って、俺なりに調べておいた」

「さすが親友だ」

冗談と本気を半分ずつ込めて、松平さんに笑いかけた。とてもこれから犯罪を犯す雰囲気に思えないほど和やかな空気が、僕たちの間に通い合った。

そうして更に待つこと一時間、ようやく教室の灯りが消え始める。木の幹にへばりつきながら、下駄箱を睨む。最初は下級生がその姿を見せ出す。雨が降りそうな天気だけど、誰も傘は持っていない。島の人間は濡れることを大して苦にしないのだ。

そういう点でも、僕に傘を渡した祖母は異端といえる。

……他の意味が、含まれているのかも知れないけど。

「おい、来たぞ」

「ん？」

松平さんの声に導かれて、鼻提灯《はなちようちん》でも割れたように目の中の膜が弾ける。

焦点の合わなかった風景が次第にはっきりとして、その姿を捉えた。

言葉通りにマチが出てきた。ただしその隣にはもう一人並んでいる。

昔の僕ではなく、近雄だった。なんでここでまた、近雄が出てくるんだ。

「あいつは、海で溺れたガキだな」

「そう。僕が助けたやつ。本当はそこで死んでいたはずなんだ」

「ほぅ。となると、マチが死ぬことにあのガキも関与しているかもな」

……そうなのだろうか？　近雄が？　確かにマチの隣にいるけれど。

そうなると近雄もさらった方がいいのか。いや違う、マチの命さえ守ればいいわけだから、近雄まで拘束する必要はないんだ。仮に二人がなにかしらを企てて、その結果でマチが命を落とすのであっても、その二人が一緒にいなければいいのだ。

マチと近雄は校門を出てから、右に曲がる。島の東側だ。家へ真っ直ぐ帰るなら西の住宅地へ向かうはずだから、寄り道するつもりらしい。嫌な予感が胃に、緊張のように広がる。重くなる内臓を抱えるように腹部を押さえながら、その後を追う。

「おい、あいつらが一人きりにならずに家まで帰るようならどうするんだ？」

「……二人ともさらう」

「お前、悪党の素質があるな」

お褒めの言葉を頂戴した。恐らくお世辞抜きだろう。駄目じゃねぇか。

木々を縫って一定の距離を保ちながら、マチと近雄を観察する。幸いなのは他の小、中学生は西側へ帰るため、マチたちの周辺に人影がないことだった。今こうして追跡する僕たちを見咎《みとが》められることはないし、人の目がないのなら誘拐のリスクも低い。

「でも、天気が悪いんだから真っ直ぐ帰ればいいのに。嫌な予感しかしない」

「……あいつら、船に乗るつもりなんじゃないか？」

船という言葉に、思わず強く振り返る。松平さんは淡々と続けた。

「船が転覆して死んだのなら、それが一番あり得るだろ」

「船……船か。船？　明日乗るってこと？」

「確証はないがな。そうなるんじゃないか」

「なんでさ。明日、大嵐が来るっていうのに」

「さてな。波が荒れるからこそ楽しいと、台風の中でサーフィンに出かけて死ぬやつも毎年いるぐらいだ、人の考えることなど分からんよ」

カルスト地形が一望できる、島の南東まで来たところで木々が途切れる。身を隠すものはなくなり、振り向かれたら海にでも飛びこまなければ見つかってしまう。

「取り分け、ガキというのは理解を超えている。この島の子供は無鉄砲すぎるぞ」

「それは同感」

この島に足りないものは、怖さだ。怖い人間というやつがいない。だから子供は人懐っこく、外から来た人間にも平気で接してくる。恐怖を知らないのである。

天敵のいない楽園で繁殖を続ける動物のように。純粋に、危うい。

マチと近雄は島をぐるりと回って、灯台へと向かった。灯台の位置から船着き場まで、決して遠くない。関連づけるのは容易い。しかし、なにを考えているのやら。

二人はすぐに出てくる。灯台の塀の前でなにごとか、言葉を交わしている。以前に見たやり取りと似通っている。マチが厳しい顔つきでなにかを言って、近雄が気楽そうに請け負う。その表情の不一致が、不安を煽るのである。

相談も終わったのか、近雄が先に走り去る。心が浮き立っているのが、走り方からも分かった。木陰に潜んで近雄をやり過ごす。こいつは願ってもない展開だ。

独り残ったマチの方は灯台の頂上を見上げている。

灯台周辺は木々が僕たちを覆い隠している。遮蔽物《しゃへいぶつ》だらけということで。

ここしかない。

人の目がないことを確認した後、松平さんが一歩、前に出る。

「こいつを使ういい機会だな」

そう言って白衣のポケットを漁る。なんだいそれと問う前に、松平さんが球状のそれに火をつけ、放った。全力で放り投げられたそれが高々と暗雲めがけて飛んでいく。

紫色の球が空を舞う様は、夕暮れと夜の境目にある太陽を見ているみたいだった。

頂点に達した後、その球がマチの側めがけて急降下していく。マチは上を向いていても、背後には気を配っていない。導火線から火の粉が舞い散り、そのまま地面へと落下する。

ぽと、とだらしない音がしてマチがそちらを振り向く。その直後、球と火が完全に合わさった瞬間、爆発音と共に粉塵《ふんじん》のような煙が湧きあがった。周辺に視界を不明瞭とする煙がもうもうと広がり、その中心からマチの悲鳴が上がる。

「今だ、急げ！」

松平さんが成功を祝福するように、嬉々と叫ぶ。あのとき言っていた、煙玉を作るというのは冗談じゃなかったのか。これを使いたいがために、僕に協力しただけという疑惑が浮上する。しかし動機はともかく千載一遇の機会には違いない。

広がり続ける煙の中に飛びこむ。遠慮なく煙を吸いこんだせいか、鼻と喉が猛烈な痛みを発した。あっという間に涙が溢れかえり、噎せて顔を上げることができない。小学校の野外炊飯という行事で、普通の煙はなんてことなかったのに、ある種類の木を燃やして生まれた煙が顔にかかった途端、噎せて涙が止まらなくなったときのことを思い出す。涙と鼻水と涎《よだれ》をまき散らすように頭を振って、煙の中で背を丸めているその小さな人影へ手を伸ばした。細い腕を摑むと、すぐに抵抗が伝わってくる。

しかし煙の中で暴れようとしたためかマチが更に噎せる。その隙をついて、いつの間にか煙の中に立っていた松平さんが、マチの首筋になにかを突き刺す。細い針、そして手の中にあるのは注射器だった。注射液をマチの首筋に押し込む。

途端、マチの抵抗が失われた。かくんと膝が砕けて倒れそうになる身体を慌てて支える。抱き上げて顔を確かめると、苦しそうな顔をしているものの、定期的に息を吐いている。寝息のようだった。

やがて煙が薄れていく中、松平さんの手もとから注射液の残りがぷちゅっと排出された。マチの寝顔を一瞥して、くぁっくぁっくぁと棒読みに笑い出す。

「睡眠薬だ。嗅がせるよりこっちの方が確実なんでな。安心しろ、害はない」

準備いいね、と褒めかけたが待てと思う。そんなものがあるなら最初から使えばよかったのに。煙玉の過程、いらなかったぞ。

「というかさ、なんか手慣れてない？」

「今日から悪の科学者に路線を変えた。目指せマッドサイエンティストだ」

また棒読みに滑舌よく笑う。今度はふははははだった。古典的である。

経歴が限りなく疑わしい男、松平貴弘はさておいて、マチを抱え直す。

本当は昔の僕が守るべき、昔の彼女。

でも僕は身の程を知っているので、昔の自分に期待なんかしない。

「……だから」

僕がこの時代へ来た本当の意味が、ここから始まる。


ヤガミカズヒコは、わたしが本来『歩けない』ことを知っている。

その発言は、ヤガミカズヒコが時間旅行者であることを明らかとした。

「あんた、本当に何者なの」

踏み込んで問いつめる。胸ぐらを掴みそうになる腕を自制して、睨みあげる。ヤガミカズヒコは笑顔も引っこめて、無表情にわたしを見下ろしていた。

「そういう質問は困るな。もう自分でもよく分からんことになってていてね」

ヤガミカズヒコが、自身の真っ黒な髪を指で梳《す》く。

「それにきみと会おうとしたのは質問に答えるわけじゃなくて、忠告しておいた方がいいと思ったからなんだ」

人の言葉などほとんど無視して、一方的に話してくる。なんなんだ、と不満を募らせて、ヤガミカズヒコはそれも見透かすように、痛烈な忠告を突き刺す。

「松平貴弘を探すのは諦めた方がいい。無駄に終わるから」

わたしの鈍く輝く希望に、直接触れてくる。ヤガミカズヒコは、見越していた。

わたしの足も、行動も。全部、知っている。

「それだけ言っておきたかったんだ」

「まさか、松平貴弘も死んだの？」

「まさかだろ」

ヤガミカズヒコが笑い、そして。

「明日の自転車レースで僕に勝ったら、きみの質問に全部答えるよ」

「……は？」

急になにを言い出すんだ、こいつ。

「参加する踏ん切りが欲しいだけ。悪いけど、付き合って欲しい」

それだけ言って、わたしの横をすり抜ける。帰るつもりなのか。本当に？

こんな、なにも答えないまま一方的に喋って、さようならするつもりなのか。

「じゃあまた明日」

ヤガミカズヒコは本気だった。明日のことも、今、去ることも。

一緒にレース参加しよう。それだけ言いたくて、ここへやってきたように。

用件を済ませて、いなくなろうとしている。

なに考えてるんだ。腸《はらわた》が煮えくりかえるとはこのことで、その肩を摑もうとする。だけどヤガミカズヒコはあっさりと、手の届かない位置まで逃げてしまう。空振りしたわたしの手が宙を握りしめて、爪が手のひらに食い込む。その痛みは、踏み込もうとしたわたしの足を引っこめて、ヤガミカズヒコとの距離を更に開くことになる。

ヤガミカズヒコが去っていく。どこかへ、帰ろうとする。

あいつはどこへ帰るというのか。

今追いかけて肩を摑み、振り向かせて殴って言うことを聞かせることもできた。

後ろをつけ回し、どこへ行くか見定めることもできた。

なのにその場で握りしめた拳を作るだけで、足は動こうとしない。

松平貴弘を探すことが、無駄。

そう言われたことが強く、わたしの心臓を縛る。

それが無駄なら、わたしの思い描いたこれからも一緒に腐ってしまうということだから。

ヤガミカズヒコは、残酷だった。


神社の祭殿には祭りに用いられる道具が奉納されている。子供のときはそう聞いていたはずだ。そもそも祭殿というのがなんなのかも分かっていなかったが。

松平さんから渡された鍵は、正確には祭殿のものではなかった。祭殿を回りこみ、後ろ側の左端にある部屋の扉を開く鍵だったのだ。南京錠に鍵を差しこみ、開く。

ささくれた木が指先に刺さって痛んだ。

屋内は縦に細長く、四畳程度の広さだろうか。潰れた段ボール箱が重ねて置いてあ

り、その奥にはゴミ箱のようなものが放置されている。長方形のプラスチックででき
た箱で、覗くとなにも入っていなかった。壁も床も木製だけど、年月に侵されて汚い
染みを作っている。電灯もないので、夜になる前に懐中電灯の確保は必須だな。
「……祭殿というか、物置じゃないか」
「似たようなもんだろ」
そうなのか？　いや違うだろう。そう思いつつまだぐったりとしているマチを中へ
運び、比較的綺麗な部分を探して床に横たわらせる。すると松平さんが奥に転がって
いたビニールテープを拾い、一気に伸ばす。そうして、それを縄の代わりとして手際
よくマチを縛っていく。本当に初めてなんだろうか、人さらい。
僕の視線を気にしてか、松平さんが振り向いて答える。
「こういうのは全部、師匠から教わった」
「なんの師匠なんだい、その人」
「ということにしておこう」
「嘘かよ」
というわけでマチを拘束し終えて、三時間ほど経過して今に至る。
午後五時過ぎ、マチが目覚めた。マチはビニールテープで全身ぐるぐる巻きとなっ

て、床に転がっている。トイレとかどうするかなと思ったが、それはそのとき考える。

そのマチを見下ろしながら、松平さんが僕に言う。

「お前に映画の主人公の才能はないな」

「はぁ？」

「普通こういうのは当日時間が迫ってる、という状態で訪れるものであり、事前に手を打ってしまってしかも成功しては観客が面白がれない」

「どこに観客がいるんだよ」

俺だ、と胸を張ってきた。世界はあんたのためにあるんじゃない。じゃあ誰のためにあるんだ？　松平貴弘がそう問う。だから僕は胸を張って答えてやった。

どんな時も、彼女のためにあるのだと。

「まつだれだもグルだったか」

マチが睨んでくる。松平さんが溜息をつき、僕を横目で見る。

「お前ら、なんで人の名前を覚えられないんだ？」

「みんなあだ名で呼んでたからね」

「そういや、お前にはあだ名がないな。なんでだ？」

「誰もつけてくれなかったからに決まっているじゃないか」

「寂しいやつ」

「あぁ、思い出した。マーティって呼ばれてたよ」

「こらこら」

「こらー！　無視すんな！」

マチが拘束されたまま飛び跳ねて、どんがどんがと身体で床を打つ。途中から身体が痛んだのか、飛び跳ねるのを止めて「あぐぐ」と呻いている。

「ふふふ、グルだと。今頃気づいたか」

松平さんが不敵に笑いながら答える。なんで楽しそうなんだよ。

「ぬぅぅ、悪の科学者め」

こっちはこっちで、妙に演劇的な台詞を意識していた。仲良いねきみたち。

でもマチが泣かないでくれるなら、大助かりだった。

「ごめん、こんなことして。でも絶対、危害は加えないから」

「きがい？　キウイみたいなやつか？」

「……なんて言えばいいの？」

松平さんに助け船を出す。「くぁっくぁっくぁ」駄目だこんなのに頼っていては。

「ええと、悪いことはしません」

「今してるじゃねーかー！」

ごもっともである。言い方を少し変えた。

「これ以上はなにもしません」

へへぇと頭を下げる。横になって転がっているマチより頭を低くした。

「明後日まで、ここで過ごしてくれればいいから」

「いやじゃー！　だんこきょひ！」

マチが甲高い声で怒鳴る。断固拒否は知っているのに、危害を知らんとか。

「わたしはやることあんの。悪者共よ、今の内なら許してやるぞ」

「たわけが！　悪は許されないから素晴らしいのだ！」

松平さんが思いっきり煽る。なに考えとんだこのオッサン。

「覚えてろよー！　わたしという正義はおまえたちを許すなと言ってるんだー！」

きみはいつから正義の味方になったんだ。マチの方も楽しげなので、まぁ、いいや。

僕は一体なにをしているんだろうと頭が痛くなると同時に、罪の意識が薄れてきた。

しかしマチがここにいる場合じゃないというのは本当らしく、縛られたままでも動こうと足掻いている。飛び跳ねて、物置の入り口を目指すものの十秒で力尽きた。

跳ねるより転がる方が速いのに、と思ったけど助言はしなかった。

「食料はどうする」

「しるこサンドなあるけど、足りないかな。今から買ってくるよ」

これ以上後になると、マチが行方不明になったと島の方で大騒ぎになる。今の内に買いに行ってこよう。飲み水に、それとパンぐらいは買ってもいいか。大量に買うと怪しまれるので、一つが限界だろう。よし、商店へ急ぐか。

「お前が帰ってきたら次は俺も出かける。一応の準備は必要だろうからな」

松平さんが物置の隅に座りこむ。準備ってなんだろう。……あ、その前に。

「お小遣い頂戴」

僕は未だ無一文なのであった。松平さんが腰を浮かし、ポケットを漁る。

「お、日頃の行いのお陰か。見ろ、百円玉が三枚もあったぞ」

「ヒュー」

口笛が枯れた。硬貨三枚を受け取ってから出かける前に、マチに尋ねてみた。

「飲みたいジュースとかある？」

「悪者のほどこしはうけん」

ぷっと膨れたマチが顔を逸らす。確かリンゴジュースが好きだったな。

小銭を握りしめて、物置から出た。外に出ると小雨がぱらついていた。土の匂いがする。神社の正面から林を突っ切って商店を目指す。島唯一の商店は船着き場のすぐ側だ。北側へと走り抜ける最中、祖母から貰った傘を差し忘れていることに気づいた。

船着き場へは滞りなく到着する。定期船の時間とはずれているため、人もまばらだ。右端には例の船が見える。健在で、保険のためにぶっ壊しておくか迷う。だけどこれ以上、島でめだつ行動は控えた方がいいと思い直す。二兎を追う者の心境だ。

船着き場の脇にある商店へ向かう。僕が子供の頃から老婆が経営し、僕が大学生になってからも老婆が経営するしょっぱい店だ。本土のコンビニと比べればままごとの範疇だけど、島民の生活にはなくてはならない場所である。

頭が戸に当たりそうなので腰を屈めて中に入ると、少し遅めの時間だけど、商店には先客の女の子がいた。チョコボールをがりがりと噛み砕いているのは、裏袋だった。入ってきた僕に振り向き、目もとを見上げる。

「こないだのグラサンマンだ」

指摘されたのでサングラスを外す。

「これでグラサンマンじゃないと」

「おぉ、外の人になった。あんま知らん方の外の人だ」

知っている方は近雄かな。懐いているみたいだし。まぁ、当然なのか。

小さな裏袋の手にはチョコボールの箱の他に、あのルービックキューブ型の時計があった。……何日か前に、マチが近雄に渡していたな。そこから更に、近雄が裏袋に渡したのだろうか。

「やらんよ」

視線を感じてか、裏袋が時計を後ろ手に隠してしまう。いらんよ。

「それ、どうしたの?」

「ふふふ、貢ぎ物じゃ」

満面の笑顔で、口がvの字を描くようになっている。つまりプレゼントね。

えぇー、近雄は裏袋のことが好きだったのか。知ってた。

「けほんけほん」

裏袋が咳払いする。なんだろう。

「んー、んーんーんー」

露骨に悩んでいる素振りを見せて、しかも聞いて欲しい態度を取ってくる。

「なにか考え事?」

「そうなのよー」

母親の口調でも真似するように、ゆったりと語尾を伸ばす。

「んとね、ちかおのあだ名を考えてるわけ」

「あだ名？」

「ちかちゃんって呼ぶと嫌がるの。で、仕方ないからあだ名考え中」

「ん、まぁ男の子はちゃん付けとか嫌かもね」

「そんなもんかなー。で、なんも思いつかんの。外の人はなんかない？」

大きい方の近雄に聞けばいいのに。あいつならなんと答えるだろう。

……近雄、か。

「ニア」

いやにすんなり、その言葉が『馴染んだ』。

「にあ？」

僕の思いつきに、裏袋が食いつく。その二つの文字を反芻《はんすう》するように口にした。

「近雄だからね。近い男ということで、ニアなんてどう？」

「どういうこっちゃ？」

「きみが大人になった頃に分かる」

外人語に疎い裏袋は疑問符だらけらしく、別の解釈に走った。

「猫の鳴き声みたい。にゃー」

「それでもいいけど」

「にゃー、にあー。うん、これでいいや。ちかちゃんもいいのにな ー」

ぷっぷくー、と膨れているのかなんなのか謎の言葉を発しながら裏袋が商店を後にする。早速、近雄に今のあだ名を提案しに行ったのだろう。

安直なあだ名だったかな。でも近雄という名前から連想するあだ名なら、きっとみんなこれだろう。島の連中なら間違いなくそうする。きっとあいつはどの世界で、どう生きても、この島で大人に近づけばニアと呼ばれるようになるだろう。

奥に引っこんでいる商店の老婆を引きずり出して、菓子パンとリンゴジュースと水を購入する。三百円でこの三つをどう買ったかは秘密だ。買っているかどうかも内緒だ。パンその他を両腕で抱えながら、急いで商店から出て、走り出す。

顔に降りかかる小雨が鬱陶しい。雨を呪いながら、逆風を肩で切った。

散々悩んだ末に、やっぱりこの場で殴り倒してでも話を吐き出させてやると意気込んだ頃には、ヤガミカズヒコは完全にいなくなっていた。あの野郎と、歩いていった方向に走り出す。大またで飛ぶように地面を蹴り、あいつの背中を目指した。

納得できない。このままなにも知らないで、生きていくことはできない。

「自転車のレース、だって」

乗れるかバカ野郎。お前の都合もわたしの都合も、みんな知るか。


物置の中で夜を迎えても、出かけた松平さんは戻ってこなかった。迂闊に動くとこの場所の存在を知られてしまうと考えてだろうか。懐中電灯の方は、商店で買い物ついでに、レジの下に常備されていたやつを拝借してきた。人間って一度堕落すると、平気でこういうことするな。僕は子供の頃、釣り銭をごまかしたこともない良い子だったんだぜ。単に度胸がなかっただけなんだけどさ。

「ジュース」

「はい」

マチの命令に従い、口もとにリンゴジュースを近づける。小さいペットボトル状のそれにマチの唇が吸いつき、こくこくと喉を鳴らす。その音が止んだのを見計らい、ジュースを引っこめる。しばらく間があってから、またマチが言った。

「しるこ」

「はい」

しるこサンドの袋を破る。しるこサンドを口もとに差し出すと、勢いよくマチが食いつく。もっちゃもっちゃと噛んでから飲みこんだ。それからぶすーっと膨れる。

「退屈」

「すいません」

「みのしろきんの引き渡しまだ？」

「そんなのないよ」

マチの脇に座りこむ。笑いかけると、マチが唇を尖らせた。

「じゃあなんでわたしを誘拐したの？」

「……事情があって。明後日になったら解放するよ」

「いやじゃー！　退屈すぎて死ぬわー！」

ぎぃぎぃと喚いてマチが暴れる。と言っても飛び跳ねるだけだが。それもすぐに疲れて、また俯せに転がる。額に汗が浮かんでいたので拭き取ると、マチが僕を見た。

頬は膨れていなかった。

「外の人、名前なんだっけ」

「……ヤガミカズヒコ」

「長い。やっぱ外の人でいいや」

きっとマチは、田中太郎《たなかたろう》さんが相手でも名前が長いと言うだろう。

物置が時々、外の風で揺れる。雨が頭の上で弾けて音を鳴らすようだった。本格的な嵐の前でもこれだけ建物が軋むなら、明日の夜を迎えたら吹っ飛びかねないな。

「ジュース」

「はい」

また飲む。ジュースも残りが少ない。しかし、ここまで横柄な態度の誘拐対象はなかなかいまい。危機感がないのか、信頼されているのか。多分前者だろう。

「お母さんたち、心配してるかな」

「ぐむ」

こちらの心情に訴える方向で出たか。そう考えたけどそんな他意はマチにないようだった。単純に、自分は心配してもらえているのかということを、案じている顔つきだ。不安のせいか前髪の垂れ具合と、目の落ちこみ方が一致している。

「きっと一生懸命探してくれているよ」

慰めながらマチの頭を撫でる。あんまり一生懸命だと僕も困るんだが。今のところはここに人が押しかけることもないし、上手くいっているようだ。

「……外の人は、なんであいつに似てるの？」

「そりゃ、難しい質問だなぁ」

手を引っこめて、頭を掻く。随分変わったつもりなのに、どこがそんなに似ているというのか。

「どこが似てるのかな」

「髪。ふにょーっとしてる」

指摘されたので前髪を指で摘む。なるほど、こいつは変えようがないな。

「あと匂い。ナッツ類みたいな匂いがする」

「……そう？」

そんな香ばしいのか、僕は。自分としては土の匂いがすると思っているけど。

「で、なんで？」

マチがしつこく追及してくる。素直に答えたら信じてしまいそうな気がして、迷う。

「……同じものを好きだからじゃねーかなー」

「え、なんて？」

「退屈でしょうお姫様。たかいたかいなんていかがですか」

ごまかすためにマチを抱き上げ、持ち上げる。「うひょひょ」とマチがいきなり高くなった視界に驚く。天井が低いのでめいっぱいとはいかないけど、僕の目の高さまで持ち上げて、そして下ろす。思いの外、腰や腕に負担がかかった。小さくとも人間は重いものだ。

マチの顔を窺うと、いきなりのことで目を回していた。しかもそのまま喋る。

「もっと早く。ゆうえんちっぽく」

行ったこともない遊園地を要求してくる。僕も大して詳しくない遊園地を再現しようと、その場で高速に屈んで、膝を伸ばしてを繰り返す。こんな屈伸運動、いつまでも続けていたら膝が壊れる。しかし、高い高いを最初に始めたのは僕の方だ。

結局、膝と腕が両方言うことを聞かなくなるまで、ひたすら続けた。限界を迎えた直後、膝が笑って前のめりに倒れる。顎を打ち、額から滴る汗に片目を潰される。

「つか、れた」

床に顎を乗せて息を吐くと、転がるマチと目が合う。するとこんな状況なのに、マチが笑う。おいおい僕は誘拐犯だぞ、と思うけれど、こちらも釣られて頬をほころばせた。マチと遊ぶなんて、何年ぶりだろう。時間を行き来してると、昔も今もごちゃ混ぜになってよく分からなくなり、そのもどかしい記憶の在り方に泣きそうになる。

こうして夜は更け、マチがそのまま寝入ってしまった後も僕は起き続けて。

試練の明日がやってきたことに、身震いした。

島を半周して、南側の岬に辿り着いたところでヤガミカズヒコに逃げられたと悟る。わたしが追いかけてくることを察して、遊歩道以外を歩いたのだろう。やつは島をよく知っている。何年住んでいる？　分からない。そればっかりだ、あいつは。

膝に手をついて、息を整える。神社までも、神社からも走りっぱなしで肺が痛い。それに加えて、自転車にまたがったときの気持ち悪さも残っていた。

あの忌まわしき自転車に乗って、レースに出てこいとヤガミカズヒコは言った。こっちの意見や事情なんかまるで無視して、わけの分からない条件を出してきて。

なにもかもが気に入らなくて、逆に、負けん気に身体が燃えてくる。

ヤガミカズヒコはぶん殴っても、恐らく口を割らない。意図はまったく分からないけれど、わたしを自転車に乗せようとしている。その挑発に、乗ってやることにした。

自転車に乗らなければずっと足踏みしかできないというなら。

今度こそ逃がさない。次見かけたとき、絶対に、捕まえてみせる。

自転車で、追い抜くというオマケつきで。

「乗ればいいんでしょ、乗れば」

そして、勝てばいい。人に勝ってなにかを得る。

そんなの、生きていれば当たり前のことなのだから。

わたしにも、できないはずがなかった。


建物ごと、海までぶっ飛ぶんじゃないかと危惧する暴風だった。

運命の日の夕方すぎ、夜のように外に深い闇が訪れていた。静謐《せいひつ》な島を根こそぎ吹き飛ばすような風雨が島中を包み、祭殿もまた例外ではない。昔、子供のときにこの嵐を体験して、僕はどんな感想を持っていただろう。布団に潜りこんでいたことしか覚えていなかった。

「まつだれだ、ちっとも帰ってこんね」

「こんねー」

転がっているマチがびちびち跳ねる。転がされていて退屈が酷いのか、嵐で建物が動くことも「ひょほー」と楽しんでいるようだった。暢気だなぁ。この後、本来は自分にどんな運命が迫っていたかなんて、知る由もない。

「今日、この嵐が過ぎ去ったら家に帰れるよ」

「むがが ー」

それでは不満らしい。じたばたしている。なんか、簀《すのこ》巻き状態にも段々と慣れてきたのか行動の種類が増えてきた。成長期だな、と明らかに間違ったことに感心する。

「外の人とまつだれだ、覚悟しておけよー」

「分かってる。僕を誘拐犯として、駐在さんに突き出してくれ」

きみに突き出されるなら、それでいい。生きていてさえいれば。

僕の態度が拍子抜けだったのか、マチが気の抜けた顔になる。毒気を抜かれたように尖りを潜めて、上目遣いも柔らかかった。

「変なの」

「変かな」

「うん。うぉーたー」

「はい」

ジュースが切れたので水を要求してくる。ペットボトルの水も残り少ない。僕の方はほとんど飲まず食わずなので、喉がカラカラだ。唾も出なくなってきていた。

「……ん？」

最初は、ネズミが屋根裏を走るような音だった。連続して、とととと、と足音のようにそれが鳴る。すぐに鳴りやんだので、やっぱりネズミかと思った。

「うぉー、うぉーたー」

「はいはい、ただいま」

びたこんびたこんと、尾っぽのように跳ねるマチが催促してきたので、天井を見上げるのを止めて水を差し出す。そうして飲むのも慣れてきたらしく、くぴくぴと吸飲する。吸いすぎて噎せることもなくなっていた。順応の早いやつだ。

その仕草のかわいらしさに和んでいると、また天井が鳴る。今度はみきょ、と軋む音だった。風の煽りを受けて、建物が悲鳴を上げている。大丈夫かよ、とまた天井を見上げていると、目を疑う事態を目の当たりとすることになった。

暴風が駆け抜けると共に、弓のように、屋根がしなった。

激しく揺れた左右の壁から押された形で突出する。そしてその歪みに堪えきれず、飛び出した天井の板きれが次々に落下してきた。

僕は咄嗟にマチに覆い被さって庇う。背中に一枚、大きな板が叩きつけられる。その鈍痛で呼吸困難に陥り、マチを潰さないように転がって悶える。他の板は既に落下していて当たることはなかったが、背中の痛みは消えない。四つん這いの形で舌を突き出し、ひぃひぃと喘《あえ》ぐ。

呼吸が少し落ち着いてから、マチは無事なのか確かめる。そこで、今度は別の衝撃で呼吸が止まる。今の一連の騒動で、マチの腕の拘束が解けていた。マチ自身、すぐにそれに気づいて胴と足の拘束から、身体を引っこ抜いてしまう。今まで散々飛び跳ねて暴れていたためか、拘束が緩くなっていたようだ。狙ったかどうかは分からない、けど。マチが扉に飛びつく。

「マチ！」

扉を開け放つ。すぐさま、雨粒が飛びこんできた。

その風雨を背景に、マチが腕を組んで不敵に笑った。

「ふははばば！　正義は正しいものに味方するよーだな！」

横殴りの雨が口に入りこんで言葉を濁らせながら、マチが勝ち誇る。

「ちょっと、待った！　今行ったら、どうなってるんだよこれじゃあ、」

「世話になった、さらばだー！」

僕の制止もまるで聞く耳を持たず、マチが全力で走り去ってしまう。

初めて過去へ飛んできた僕らへ、駆け寄ったときと同じように。

今度は、そんな小気味良い走り方で離れていってしまう。

「待て、ってんだよぉぉおおおおおおおだぁぁあぁ！」

身を起こしながら絶叫する。開きすぎて口の端が切れて血の味が広がった。

どうしてこうなる？

どうしてマチは、行ってしまうんだ。

混乱と焦燥と怒りが混ざって景色が歪む。目の下に血のようなものが集い、ずきずきと痛んだ。それに加えて風雨が僕を苛み、無性に泣けてくる。

その涙と雨を拭い、飛び跳ねる。膝を伸ばし、四つん這いから中腰へ、そして身体を起こして走り出す。マチを追いかける。行き先は分かりきっていた。

あいつが死ぬことになる、あの船へ向かうに決まっていた。


運転の最中に吐きそうだった。ごぼ、と頬が膨らむ。上を向いてそれを胃に戻した。

「ほら、乗れっぷ」

言おうとした側からまた胃液が逆流する。死ぬって。頬が丸々と膨らむ。また飲んだ。喉と鼻の中がすっかり胃液臭い。唾の味も酸っぱくなっていた。

だけどわたしは、自転車に乗ってペダルをこいでいる。

ヤガミカズヒコと出会ってから翌日のことだ。わたしは朝一番から自転車を引っ張り出して、島を回っていた。こぎ出すのに十五分以上の葛藤があり、二キロは痩せたんじゃないかと思うほどの脂汗にまみれている。背中に服が張りついて、不快なままだ。それでも、過去を引きずりながら重苦しくも、ペダルを踏むことができた。

踏み続けることも、胃液が行ったり来たりという面白くもなんともない曲芸と組み合わせてはいるけど可能だった。ぶじゅ、と鼻から胃液の残滓が飛び出す。指で拭って、自分の家の前へ戻ってきた。これで島を三周したことになる。

鼻から噴き出る胃液も、逆流の回数も周回ごとに減っていっている。過去を乗り越えてきているのだ。絶頂の時は近い。自転車レースが始まるまであと五周、いや十周はできる。それを走りきったとき、わたしの胃液臭いサイクリングにも清涼な汗が流れるほどに昇華されている。はずだ。四周目へ加速をつけようと、地面を蹴った。

吐き気と一緒であっても、自転車に乗ることは楽しい。加速していく快感は他に代え難い。わたしはそれを思い出していく。帰ってきた直後、別人に感じていた身体が次第に、自分のものとなっていく感じだ。手足が思い通りに動くようになって、それを意識すると吐き気も気にならなくなる。

七周目あたりからは朝食も忘れて、ただ無心に自転車をこぎ続けていた。通りすぎた大人や剣崎さんに自転車レースはまだ先だよとからかわれて、それに笑顔で応えている自分を新鮮なものとしながら、加速の快楽に酔いしれた。

そして十周を走り終えた段階で丁度、時間が訪れたので自転車レースの会場へと、へとへとながら心地良い身体で自転車を走らせた。もう胃液の味はしない。あるのは凝固して塩にでもなりそうな、濃い汗の味だった。

スタートとゴール地点を兼ねる船着き場の前へ向かうと、既に参加者が何人か、自転車に乗って待機していた。その最後尾に、何食わぬ顔で並ぶ。参加の申請なんかしていないけど、わたしの剣幕が近寄りがたいものを発しているのか、誰も声をかけてこない。参加者を管理する前田さんの父親や、前田さんもだ。

ヤガミカズヒコの姿はまだない。だけどあそこまで言ったのなら、絶対にやってくる。潮風と汗がくっついてべたべたと肌に膜を作る不快さに堪えながら、やつを待つ。

そうしていると島の西側から、同級生の玻璃綾乃《あやの》と女が一緒の自転車に乗ってやってきた。あいつらも参加するのだろうか。しかも二人乗り？　冷やかしなら帰れと言いたくなる。

ぐるるると吠えながら、やつを待つ。飢えていた。久しぶりに自転車を乗りこなして、人を追い抜くことに飢えていたのだ。この島では車いすの速度を競う相手が誰もいなかった。だけど自転車なら、何人でも目の前に追い抜けるやつがいる。目的をはき違えそうになるほどの闘志を滾《たぎ》らせて、本来の競争相手が姿を見せるのを待ち続ける。やつが自転車でのろのろと現れたのは、スタートの時間直前だった。なんてことないように、島の住民の如くヤガミカズヒコが現れる。何人かの大人と挨拶を交わし、親しげな態度で出迎えられる。やっぱりあいつ、島の人間なのか。外の人間だったらあんなに慕われるはずがない。

何台もの自転車の間を通り抜けて、わたしの横に位置取りしてから、「やぁ」とヤガミカズヒコが挨拶してくる。

それを無視して、横目で睨みつけた。

ヤガミカズヒコはすぐに手を引っこめて、目も逸らしてしまう。わたしが身体を預けている、自転車を見下ろしていた。妙に感慨深そうに、長々と。

「なによ」

「きみ、ここまで自転車に乗ってきたの？」

「そうよ、克服してきた。あんたに勝つために」

口もとを荒く拭って、指を突きつける。ヤガミカズヒコはわたしの足もとや額の汗を眺めた後、顎に手をやる。値踏みするような視線が強まった後、唐突に船着き場の方を向いた。その先に広がる海に目を細めながら、ヤガミカズヒコが言った。

「それなら、十分か」

「は？」

「ああ、きみが自転車に乗れるならもういいかなと。よし、きみの勝ち」

ヤガミカズヒコがいきなり拍手し始める。周りがなにごとかと視線を集わせるけど、わたしもその中の一人だった。急になにを言い出すんだ、こいつは。人が鼻汁どころか胃液飛ばして、必死に乗れるようになってきたのに。いきなり勝ちってなんだ。

「負けん気を煽ると効果的だよな、やっぱり」

「なんの話してんの、あんた。さっぱり分からんけど、ちょっと待て」

握りこぶしを突きつける。ヤガミカズヒコは鼻先のそれに目を丸くした。

「ゲロを我慢して、ここまで乗ってきたわたしがそれで納得すると思う？」

「しないの？」

「うるせぇ勝負しろ。あんたの態度は全般、気に入らない」

なんでもかんでも。翻弄されたままで、いてやるものか。わたしがここまで来た意味と、そして自転車に乗っていること。それを簡単な拍手で終わらせていいはずがない。目的と剝離しながらも、その強い動機は表に立ってわたしを先導している。

こぶしを引っこめないまま、ヤガミカズヒコを睨む。周囲がなにごとだと、不穏な空気を悟ってざわついているがしったことじゃない。

あるのは一つ、納得を求める心だけだ。

わたしの額に浮かんでは流れていく汗をどう取ったのか、やがてヤガミカズヒコが頷いた。それを見て握りこぶしを引っこめると、その向こうにある顔が弱く微笑む。

「怪我しないように気をつけて」

「……ご忠告、どうも」

ヤガミカズヒコは怪我の理由も知っているみたいだ。だから皮肉にしか聞こえない。

わたしとヤガミカズヒコが正面を向く。横も前もママチャリだらけ。そもそもこれはレースのはずなのに、登録順で縦に並んでスタートというのはおかしい。潰れちまえこんな糞レースと怒りを滾らせて、何度もペダルを蹴る。一刻も早く、走らせろ。

きっと、わたしは躊躇わずに走っていけるから。

その思いが伝染したのか、なにかに急かされるように前田さんの父親が現れる。スタート地点の脇に立って、その腕を振り上げる。ようぃと声がかかり、自然に腕と足に力が籠もる。目玉が焦げたように熱くなり、涙がにじんだ。

スタート。

振り下ろされた腕と、わたしの涙がこぼれるのは同時だった。

目の前に並ぶ背中が一斉に走り出す。隣のヤガミカズヒコも同様に。その風が髪を揺らす。涙を拭いて出遅れたわたしは慌ててペダルをこぎ出す。ペダルが回転する度に胃も一緒に回って、胃液が掻き回されるようだ。前歯を強く打ちつけて、栓をした。

後は身体の火照り、熱のすべてを足もとに注ぐだけ。

全力でペダルを蹴り、ハンドルを握りしめて。気持ちよくなるだけだった。

最初はがぁがぁと騒々しい車輪の音が、すぐにかぁかぁと研ぎ澄まされる。音と共に回転が洗練されて、それを自覚した瞬間に身体が『伸びる』。わたしと自転車に芯のようなものが生まれて、全身の挙動が嚙み合う。

カーブの直前、目前に迫ったヤガミカズヒコを抜き去って尚、わたしの加速は続く。ぐんぐんと、劇的に伸びる根っこのように意識が引き伸ばされる。意識は加速に追いつけない。一歩引いた位置で、わたしと自転車に引っ張られる。

奇跡だった。

再び、わたしに奇跡の時間が訪れている。

これは、いい。

気持ちいい。

かつてニアと絡んで失われたそれが、ニアと切り離されたことでわたしと結合する。

端から端へ。細胞の歓喜が伝染する。時を縮めること。時を超えること。

バカバカしいと表で論じながらその実、憧れていた夢。

それが夢ではなくなる。この奇跡に触れた瞬間。

わたしは確実に時を超えて、島を駆け巡る。

何周も。何周も、人より遅れて。

やってくるのだ。

やがて、意識が身体に追いつく。

それは加速の終了。

わたしは島を一周して、掠れた息を吐いて、汗で目を痛めている。

つまりゴールして、しかもわたしの前を行く者は不在だった。

かつて棄権した道を。やっと走り抜いて、ここまで来た。

正しい時間に、『追いついた』。

そんな実感の中で周囲の拍手に包まれた瞬間、久しく忘れていた笑顔が自然に浮き上がる。わたしの不健康な顔を彩り、目の腫れをなかったことにするように、湧く。

胃液の味は消えない。吐きそうなまま、息だけが荒い。その場で倒れそうになる身体を自転車で支えて貰いながら振り返ると、ヤガミカズヒコもゴールを通過していた。

　息も整えないまま、ヤガミカズヒコに近寄る。ヤガミカズヒコの方も息が切れて、自転車に寄りかかっていた。わたしに気づいて、辛そうに笑う。

「さぁ、勝ったから。全部、教えてもらう」

　問いつめると、ヤガミカズヒコが寂寥《せきりょう》を含んで、微笑む。

「いいけどさ」

「けどさ、なに？」

「僕にまだ気づいてくれないのかい、裏袋」

「気づく……？」

　男がなにかを示すように髪を弄る。……髪？　真っ黒な、癖毛の……あ。

　あ！

　目の中に強い光が差し込んで、真っ白になる。そして白い景色の中でも、そいつの頭が動くことで、黒い癖毛の輪郭がうごめいて、白色を侵食していく。

　目を惹くその独特の髪には、確かに見覚えがあって。

「玻璃、綾乃？」

　その同級生の名前を口にした瞬間、多くの疑問がわたしの中で氷解した。

僕は今一度、自分の中にある答えを突き詰める。

世界に、運命というものはあるのだろうか？

祭殿の屋根が崩れ落ちてきたとき、僕はその存在の尻尾が薙ぐのを幻視した。なぜ、あのタイミングで、あれだけ都合良く被害が発生するのか。僕は軽い怪我だけで、マチに至っては拘束が解けただけで無傷だ。それが本当に運命かは知らん、だけど。

『なにか』が、この島を見ている。そして操作している、都合のいいように。

僕はそれに抗い、そして失敗したのか？

マチはもう、救えないのか？

この先、たとえばもう一度タイムマシンでやり直しても、何度でも同じように失敗して、マチは死んでしまうのだろうか。いやいや、ちょっと待って欲しい。

本土の高校に通っているとき、生徒手帳というものがあった。その手帳には延々ずらずら、本校の校則がどうこうと記されていた。だが、僕はそんなもの一度も読んだことないし、意識して守った試しだってない。つまりはそういうことだ。

世界にどんな法則があろうと知ったことじゃない。

守ってたまるか、そんな糞ルール。

向かい風に押し飛ばされそうになりながら坂を下った先に広がる、大荒れの船着き場。そこにほぼ同時に、右側からもう一つの人影がやってくる。僕と同じ背格好のそいつは傘と一緒に吹っ飛ばされるようにやってくる。あいつは、

「近雄！」

思わずその人影に叫んだ。近雄の方も風雨の中で僕の声を聞き取って振り向く。サングラス越しではない僕の素顔に面食らったように、目を見開いた。

防波堤から離れた位置で僕たちは合流する。どうして近雄がずぶ濡れとなってこんなところにいるのか。そして近雄からすれば、僕の存在自体が不思議議だろう。

お互い、そんな説明をしている時間はなさそうだった。

なぜなら停泊していなければいけない船が、一つ欠けていたからだった。

滝のように流れる雨と共に、頭の血の気が引く。

「おい、こっちだ！」

防波堤の奥から怒鳴り声が聞こえてくる。陸へ押し寄せる波に足をすくわれないようにしながら駆け寄ると、あの木製ボートに松平さんが乗っていた。丈の合わない暗緑色のレインコートを羽織ってフードも被っている。ボートと共に激しく揺れ動き、

そのまま波に呑まれて木っ端微塵になるのも時間の問題に思えた。

「マチは！」

「船に乗ったようだな。運転しているのは別のガキだが、灯台に隠していた荷物を持っていったみたいだ」

松平さんが手を額にやって雨を凌ぎながら、海を睨む。荒れ狂う海の向こうで、あのサメのイラストが描かれた船体がひっくり返りそうになっていた。

「別のガキって、近雄か！」

「そうだよ。昔の僕が運転している」

僕の叫びに答えたのは、背後に立つ近雄だった。顔色は蒼白となって固い。

雨に濡れた肩が震え、そのまま水の重さに潰れそうだった。

「今から一週間ほど前、マチが家出をしたいと持ちかけてきた。僕は父の仕事を手伝う傍らで船の操縦も覚えてね、運転してみたかったんだ。だから、話に乗った」

家出って。なんだ家出って、こんなときに。あれか、僕が介入したからか？

喧嘩が中途半端に終わってしまったせいなのか？

じゃあ、マチが死ぬのってやっぱり僕のせいになってしまうじゃないか。

「っっっっっっっ！　あぁ、もう！　バカすぎる！」

　このバカ野郎と殴りたかったが今はそれどころじゃない。喋ろうとすると雨水が口に飛びこんできて、木の枝でも突き刺さるような激しさと痛みだった。何度吐いてもそれの繰り返しとなるので雨水を飲みこみ、松平さんに言った。

「止められなかったの？」

「間に合わなかった。誘拐騒ぎで迂闊に外出できなくてな、出遅れた」

「くそっ！　なんで、こんなときに！」

「こんな天気だからこそだな。逆だよ、こういう天候なら船着き場にも人がいない。誰にも見咎められないで船を発進させられるわけだ」

　だろ、と松平さんが首を伸ばして近雄を窺う。近雄は唇を噛み、首を縦にも横にも振らない。だけどその表情が答えを物語っていた。舌打ちして、松平さんに目をやる。

「お前を待ってた。追いかけるんだろ？」

「当たり前だ！　でも船はどうする！　他のやつは使えないのか？」

　松平さんではなく近雄に問う。近雄は横に首を振った。

「キーがないから動かせない。僕は家から持ち出したやつを使ったから、」

「つまりあのボートしかないってこと？　おいおい、おいおい！」

　勘弁してくれよ！　その思いと裏腹に走り、ボートへ向かう。船着き場の縁から足を先に下ろして、松平さんの手招きに応えて飛び降りた。

　なんでこうなるかなぁ！

「これだから、ガキは嫌いなんだよ！」

　叫びながらボートに飛び乗る。振り向き、立ち竦む近雄に中指を立てた。

「俺からすればお前も十分、ガキだがな。命知らずもいいところだ」

　こんな板きれみたいなボートで、と愚痴りながら松平さんがオールを構える。

「漕げるの？」

「この島に逃げてきたときも手漕ぎボートだったよ！」

　当時の怒りでも込めたように松平さんが吠える。オールを両腕で動かし、ボートを発進させた。松平さんがいて物語が始まり、そして、僕を導いていく。

「でも追いつけるのかい？　相手は仮にも船だよ！」

「大丈夫だ、よく見ろ。あの船はもう進んでいない」

　歯を食いしばってオールを操作しながら、松平さんが言う。その言葉通りに目を凝らすと、確かに船の大きさは変わらない。派手に揺れているだけだった。

「海が荒れて思ったように進めないみたいだ。しかも、戻ることもできないときた。今は波に遊ばれている状態で、強い波が来たら一発で転覆だな」

　憎らしいほど冷静に状況を推測する。それはこっちの船も一緒じゃないか。むしろこっちの方が危ういに決まっている。ボートの縁にしがみついて、振り落とされないように身を固くする。それでも顔は俯かせず、海上の船を見据え続ける。

　船着き場からボートが完全に離れたところで、松平さんに尋ねた。

「松平さんは運命を信じる？」

「ここに来て、あの船にあいつらが乗っているとなるとな」

「だよね。確実になにかが働いてる」

　そのなにかの正体こそ運命なのか、或いはまた、別の名を持つのか。

「神の島だからな、名前通りにアレだろう」

「あぁアレね、神様ね」

「わはははは」

「ぎゃははははは」

　笑い声こそあがるものの、顔はお互いにまったく笑っていない。

　最後はくたばれ神様で締めくくった。

　松平さんのボートの操縦は、信頼に値するものだった。荒れ放題の海をかき分けるように、次第に船へと近づいていく。なんでもできる、ちょっと変わった博士。

僕が昔からこの博士を慕っていた理由を示すように、その万能感は揺らがない。

ある程度の距離まで詰めると、「これ以上はキツイな」と松平さんがオールを置く。レインコートの中に手を入れて、今度はなにを始めるんだと見守っていると、松平さんが取り出したのは鉤縄だった。縁側で作成していたアレを、忍ばせていたのだ。

念には念を入れての準備とは、この状況を想定していたというのだろうか。

鉤縄を足もとの安定しないボートの上から、船めがけて放る。だけど先端の爪が船体に弾かれて、海に沈んでしまう。

「ちっ、もっと練習しておくべきだったか」

松平さんが苦笑を浮かべる。その顔は汗と雨水に塗れていた。鉤縄を引っ張り、回収して再度の挑戦を試みようとする。だけど縄を引っ張った瞬間、ボートの揺れとそれが重なってしまって松平さんが後転する。そのままボートから転げ落ちそうになって、鉤縄を放り出して慌てて縁を摑む。今にもそのまま海面へ飛びこみそうだった。

松平さんを助け起こそうと動くと、当の本人が別の指示を飛ばす。

「お前が投げろ、急げ！」

「っ、分かった！」

言われたとおり、放り出された鉤縄を拾い上げる。こんなもん、どう引っかければいいんだ。勝手が分からない、焦りで目が泳ぐ。ままよ、と先程の松平さんを真似て投げつけた。それが幸運にも、船体に食い込んで固定される。

よし、と歯を食いしばり、引っかけた縄を手繰り寄せると、僕たちの乗るボートの方が船へと引き寄せられる。重量の関係から当たり前で、だけどそれでいい。

一気に距離が縮まり、衝突寸前までボートが接近した。そこまで来て鉤縄を放り出し、ボートの端に足をかけて、船へと乗りこもうとする。振り向くと松平さんがボートの中央にまで復帰していた。ボートの方は松平さんに任せて、僕は船へと乗り移る。

小型船なので二人はすぐに見つかる。船の中央にある運転席にしがみついていた。

「二人とも、早くこっちに！」

僕の声に反応して二つの頭が上がる。マチと近雄が泣き顔で、僕を見た。

「助けに来たよ」

微笑む。マチがまだ生きていることへの安堵と、祝福からだった。

このとき、この場所へやってくるために、僕は過去へ飛んできたんだ。

今、助ける。

手を差し伸べる。萎縮したマチは震えるだけで、身体を動かそうとしない。

縋るような目を、僕に向けるだけだ。

「マチ！」

名前を強く呼ぶ。頼む、来てくれ。懇願と哀願で顔がくしゃりと歪みそうになる。それでも、マチは腰が抜けてしまったのか立ち上がることもできない。見かねた近雄がマチの背中を後押しする。途中まではずりずりと押して、最後は突き飛ばした。弾かれたマチを抱き留める。マチの濡れた瞳が怯えながらも僕を捉えた。

「もう大丈夫だから」

頭を撫でる。マチが僕の服にしがみつき、顔を埋める。

僕だってもう離したくない。

マチを抱きしめながら、小さい近雄に目をやる。マチを押した反動で、近雄は船の運転席の奥に転がっていた。

「近雄も！　急げ！」

「う、うん、！」

前につんのめって、近雄が四つん這いになる。そのままこちらへ向かってこようと手足が動く。それの方が安定するはずだ。いいぞ、と声援を送ってめいっぱい、手を伸ばす。小さい近雄も右手を伸ばして、僕の手を取ろうと必死だった。

マチを抱きしめているから、僕も全力で腕を伸ばすことはできない。それでも次第に距離は詰まり、近雄と僕の指が掠める。もうちょっとだ、と叫ぶと近雄がオッスと元気に返事して、跳躍を試みた。それで一気に距離を詰めようという算段だ。

それが功を奏して近雄が僕たちへ限りなく近づき、僕の手を取ろうとして。

縫合するように僕と近雄が繋がろうとする、その瞬間。

「あ、」

呆気なく、世界がひっくり返った。

波に煽られた船体が仰け反り、三日月を描くように傾いた。

乗せていた足ごと掬われて、船と共に宙を舞う。空中で振り回した足が船体のサメを蹴って、別の方向へと飛ぶ。それによって、船の転覆から距離を置くことになる。

船やボートとは別方向に、マチを抱きしめながら落下していく。

小さい近雄がどうなったかを確認することもできないまま海に投げだされようとする刹那《せつな》、船から外れた鉤縄の先端が僕の目の前を横切る。咄嗟に右手を伸ばし、それを握りしめた。ふやけた指先がぶちゅぶちゅと爪に食い込む。

直後、海面に背中が叩きつけられた。

口もとと耳が海水に侵される。落下の衝撃で緩みそうになる腕に力を込めて、マチを抱きしめる。濁った海水の中では満足に目も開けられず、開けたところで上下も分からない有様だ。身体が波に揉まれて螺旋《らせん》を描くように回転する。あっという間に息が続かなくなり、苦しさから水中でも呻いてしまう。そのせいで海水が身体に侵入し、呼吸困難の悪循環を生み出す。マチの吐いた泡が僕の顔を撫でてどこかへ消えた。

このままじゃあ、マチと一緒に溺死してしまう。

意識も遠退きそうになり、しかしそれを阻んで繋ぎ止めるものが右手の先にあった。鉤縄の爪だ。波にどれだけ身体を揺さぶられても、肉に食い込んで骨まで達しているから外れない。右腕だけが固定されたように揺らがず、そのせいで関節部分に負担がかかって異様な激痛が走る。その痛みが僕から気絶を追い払い、肺にまで海水が入って苦痛から解放させない。大蛇を丸呑みしているように、喉と口まで埋まりきっていた。覚悟もできないまま、死が何度も頭をちらつき、それが意識を切り刻む。途切れ途切れとなって、切れる寸前の電球みたいに点滅を繰り返すようになる。

だけど、息苦しさまで遠退きそうになった直後、みんな纏めて引き戻される。

肉ごと、右手が引っ張られた。微かな光が上空から差したように、その痛みが瞼の奥で火花を散らした。意識が覚醒を果たし、上下の感覚を取り戻す。

引き寄せる力が強まり、僕とマチが海面へと一気に釣り上げられた。海面に顔を出した直後、自動的に海水が排出される。口と鼻から排泄でもしているように流れて、涙も止まらない。吐き続けながら、僕たちは鉤縄と地続きに手繰り寄せられる。

身体が海面を泳ぎ、ボートの側面に叩きつけられた。遠慮とかが一切ない。そして、暑苦しくも頼りがいのある手のひらに、手首を掴まれる。

松平さんが、涙で滲んだ目玉の向こうにいた。

僕とマチをボートへ引き上げた松平さんが、目を細めながらの笑顔で出迎える。

「前言撤回だ。お前の悪運の強さは主人公向きだな」

海水を血反吐のように垂らしながら、だらしなく笑い返す。けど、すぐに引っ込む。

「……近雄は？」

恐る恐るした質問に対し、松平さんが首を横に振った。

「残念だが。転覆する船の下敷きになって、そのままだ」

淡々と報告しながら、僕の指に食い込んだかぎ爪を外そうと試みる。無理に引き抜かれて、踏まれた猫のような醜い悲鳴をあげた。それは痛みよりも、肉の内側からずるりと引き抜かれる感触が、生理的な部分に嫌悪を訴えたからだった。

マチも意識は戻ったらしく、げぇげぇと海水を吐いている。でもそれは生きている証拠だ。生きている。マチは船が転覆した後も、こうして生き残っている。

近雄のことさえ霞むほど、目玉が涙と光で眩んだ。

「吐くのもいいがしっかり摑まっていろよ。帰るまで安心はできない」

松平さんが鉤縄を放り捨てて、オールの操作に切り替える。食いしばりすぎて歯茎から出血しているらしく、松平さんの口もとは赤い液体に濡れていた。雨水がいくらかかっても、色が薄まらない。拡散して、顎を濡らしていく。

「運命があると仮定するなら、こういう決まりなのかもな」

「そういうって？」

「マチが生き残れば近雄が死ぬ。近雄が生きれば、マチが死ぬ。計算式の数字をいくら変えようとしても、出される答えは同じ数字でなければいけないのかも知れない」

感情の熱を宿さないまま科学者として、松平さんが近雄の死の見解を述べる。

それを受けて、振り向く。先程まで浮かんでいたはずの船は海の藻屑となって消え去り、跡形もない。近雄の身体が浮いてくることもなく、痕跡は消失していた。

僕たちの乗るボートはまるで、目の前に広がる黄泉路から逃げ出すようだった。

マチと近雄の天秤。片方を取れば、片方はそのなにかの手元へ行ってしまう。

それなら僕は、マチを選ぶ。

その意志を示すように、寒さに震えるマチを抱きしめた。

すまんな、色々と。

過去から帰る際に松平貴弘がそう言った。

そしてそれにニアが答えたときのことも、覚えている。

ニアは最後まで笑顔だった。

『嬉しかったです。またヒーローに会えたから』

「僕はずっときみに憧れてたんだ、綾乃」

ずぶ濡れの頭を拭きながら近雄が言う。僕は言葉に詰まり、俯いた。

握りこぶしを作ろうとすると、簡素に包帯を巻いただけの右手が激しく痛む。

船着き場まで九死に一生を得て戻ってきた僕たちは、近くの商店へ強引に上がらせてもらった。雨に打たれた上に溺れかけて衰弱したマチを抱えていたから、経営者の老婆も入れてくれたのだろう。商店の奥にある、畳敷きの住居スペースで僕と近雄が向き合って座る形となった。松平さんはマチの家へ報告に向かい、マチは老婆の敷いた布団で寝息を立てていた。

近雄は僕たちが帰ってくるまでずっと船着き場に立っていた。そしてボートに過去の自分が乗っていないことに、未だなにも言及していない。僕たちは最初、淡々とお互いの事情を説明して、そこで近雄が憧れてたんだ、とか言い出した。

「あのとき、崖から飛んで颯爽と現れたヒーローにね。憧れるのも無理ないだろ」

「……なんだ、あんまり覚えてないんじゃなかったのか？」

「それは照れ隠しだよ、本当は全部覚えてる。殴られたことも含めて」

「あら」

気まずく笑う。近雄も釣られたように小さく笑う。色の濃い茶髪が揺れた。

その笑いの波が引くのを待ってから、僕は本題を切り出して、謝罪した。

「ごめん。今度は、助けられなかった」

いいんだ、と近雄が穏やかに首を振った。

「きみが本来九年後の人間であるということは、僕はあの溺れた日に死んでいたんだと思う。きみが助けてくれたから、僕が九年後を迎えることができた。だろ？」

恨み言の一つもなく、近雄がそんなことを言う。

「かも知れんけど。……そういえば、九年前のお前はどうやって助かったんだ？　船に乗ったときの方な」

「ん、あぁ。助かったというか、乗らなかったから」

なに？　と近雄の目を見る。近雄は思い出すように、息を吸うついでに笑った。

「その二週間前に海で溺れたからね。あれを思い出して怖くなって、船には乗らなかった。マチも操縦方法は知っていたからね、一人で乗っていったよ」

「なるほど、助かるわけだ……でも今回は、どうして？」

近雄が下唇を摘んで引っ張る。口の裏を覗きながら、目を細めた。

「多分だけど、マチに急かされたんじゃないかな。時間がないぞー、急げとか。で、そのまま流されたと。九年前は極端に急いでいるわけでもなかったから」

「……僕のせい、なのか？」

僕がマチを監禁していたから。時間が押し迫って、近雄が。

近雄は肯定も否定もせず、唇を伸ばし続けている。

「でもお前、昔のお前が死んだから……今のお前は？」

「残像みたいなもの、かなぁ。どういう存在か分からんけど、近いうちに消えると思う。未来へ帰ったら、確実にね」

分かるんだ、と近雄が付け足す。そう呟くと、近雄が薄くなったように思えた。

「タイムマシンで、やり直せば或いは」

「いや。僕のことは助けなくていい。本来、死んだ人間だからね」

「……けどさ、」

「一番の理由は他にある」

「どんな？」

そこで近雄が言い淀む。目を瞑り、無言が続く。

僕は近雄が口を開くのを黙って待つ。

そして、近雄が次に目を開いて浮かべたのは、寂寞《せきばく》に包まれた笑顔だった。

「僕が生きているとね、来年に美住が歩けなくなるんだ」

「美住って、裏袋か」

車いすに乗っていた姿を思い出す。

「うん。二人で自転車レースに参加してね、あいつが転ぶんだ。僕の自転車が後ろから追突してしまったことが原因で……でも、僕がいなければ、美住は事故に遭わない」

「……………………」

そういうものかも知れない。畑の石を引っこ抜いて、祖母の未来が変わったように。

でも、それで近雄は満足なのだろうか。

「怖くないのか？」

「怖いよ、勿論。死にたくもない……けど、不思議だなぁ。僕はなんとなく、死ぬことを受け入れなければいけない気持ちでもあるんだ。この世界に生き物の生き死にを司るなにかがいるなら、それが働きかけているんだろうね。僕が死ねるように」

近雄の言葉に嘘はないようだった。穏やかで、儚い雰囲気に乱れはない。脈拍の失われた心電図のように、近雄には起伏が失われていた。傍から見ていても侘びしい。

その雰囲気に堪えかねて、僕はせめてもの手向けの代わりに尋ねた。

「僕はいずれ、未来へ帰った裏袋に会うと思う。そのときには裏袋も、近雄が死んだことを知っているだろうけど……なにか、伝えたいことはあるか？」

言われて、近雄が腕を組む。目が宙を泳ぎ、やがてこう言った。

僕ではなく、ここにいない裏袋の姿を見るような目つきで。

「ごめんみぃちゃん。でも、ありがとうって」

最初の謝罪は平坦に。だけど、最後の礼を口にするとき、近雄の声は震えていた。

みぃちゃんは、裏袋のあだ名だったか。

「分かった。出会ったら必ず最初に伝える」

「前置きもなしに？　変な顔されても知らないよ」

近雄が弱々しく笑う。そうして僕たちは自然、握手を交わした。

「もう一つだけ、約束して貰っていいかな」

「いくつでもどうぞ」

「美住が未来へ帰った後、多分あいつ、自転車に乗れないと思うんだ。事故の記憶で躊躇うと思うから、それを治してあげて欲しい」

難しい注文だった。けど、僕は頷いて承る。

「ありがとう」

近雄が礼を述べる。明日、死ぬっていうのに。こいつは、なんというか。

「お前ってさ」

「うん？」

「……バカだな」

顔を覗きこむ。近雄は一拍、間を置いてから相好を崩した。

「同級生、みーんなそうじゃん」

「違いねぇ」

二人で今度は、腹の底から笑い合う。

ひとしきり笑った後、近雄がハッと顔を上げた。

「そうだ。美住が待っているから、帰らないと」

こんなときでも裏袋の心配をして、近雄が立ち上がる。まだ乾ききっていない髪と服の袖を重たそうに振りながら、靴を履く。外に出て、近雄はまた雨に濡れるのだ。

僕はそれを商店の入り口まで見送ろうと、後ろについていく。

その途中で、ふと、近雄に質問してみた。

「お前って、なんかあだ名とかあった？」

「え？　ニアって呼ばれているけど」

「……そっか。猫の鳴き声みたいだな」

指摘すると、近雄が猫の鳴き真似をした。

まったくもって、似ていなかった。

商店の戸を開け放つと、途端、雨が飛びこんでくる。

その床に染み込んだ雨粒を、近雄が踏みつけた。

「ありがとうヒーロー。本当に、嬉しかったんだ」

振り返らず、最後にそう言い残して、近雄が雨の中に消える。

行かせてよかったのか。

他にもっとできることはないのか。

悩みながらも、答えはなにも出てこない。

そして近雄と入れ違うように商店へ騒々しく駆けこんできたのは、マチの両親だった。その後ろにはオマケがくっついてきている。松平さんと、昔の僕だった。

マチの両親が土足で畳の部屋に上がり、マチに泣きつく。僕はその喧噪を背中に受けながら、昔の僕を手招きする。飛び跳ねてマチの姿を確かめた後、昔の僕が近寄ってきた。

そいつが、なに、という目で見てくるのを無視して、いきなり用件だけ話した。

「いいな。絶対にマチを守れよ」

昔の僕が面食らう。けどそれも一瞬、鼻の穴を広げて首を縦に振る。

「うんっ」

「約束できるか?」

「できるっ」

鼻を啜りながら、昔の僕が力強く頷いた。

「よしっ」

自分の決意を褒めたたえて、その頭を強く撫でた。

昔の僕はくすぐったそうにしながら、それを受け入れた。

それが終わった後は、マチの無事に湧く家族と、昔の僕からそれとなく距離を取る。

その空気を読んで近づいてきた松平さんが耳打ちしてきた。

「指は大丈夫か?」

「なんとか」

「ならいい。誘拐の件は一応、有耶無耶にしておいた。後はマチの証言次第だが、まぁ悪い方にはいかないだろう。お前に感謝することはあっても、悪くは言うまい」

「そっか」

「それとタイムマシンは明日には乗れるぞ、あいつらと一緒に帰るんだろ?」

「……そのことなんだけど。僕は未来に帰らないよ、博士」

「なに?」

松平さんの眉間にシワが寄る。僕は近雄を真似るように笑って、宣言する。

「この島に、この時代に残る。そしてマチを見守って生きるんだ」

それは再び過去に来た当初から決めていたことだった。

またいつ、どこでマチが危険な目に遭うか分からない。だけど、もうタイムマシンに乗って戻ってくるのは、こりごりだ。近雄のようなやつを増やしたくない。

「いいのか? 昔のお前はどうか知らんが、お前自身はマチといいちゃつけんぞ」

随分俗で、分かりやすい表現だなぁ。苦笑混じりに、「それでも」と返事する。

松平さんは暫し渋い顔となっていたけど、最後は晴れやかに歯を見せて笑う。

「……ま。お前が決めたなら、それで構わんが」

「うん。僕は今日から、本物のヤガミカズヒコとして生きるよ」

「ではお前を島の神様代理補佐心得に任命しよう」

あんたにそれを決める権限があるのか？　松平さん神様だったのかー。

「俺は年が明けた頃には島を去る。いつまでもここにいると、またタイムマシンができて要らぬ問題を引き起こしそうだからな」

「……そっか。寂しくなるね」

「安心しろ。週一で文通する予定だから」

勝手に決められても。そう思いつつも、つい笑ってしまう。

文通相手がごついオッサンというのも、それはそれで面白いじゃないか。

「ひとまずさらばだ、帰って寝る」

「僕もそうするよ。……あ、松平さん」

商店から立ち去ろうとする松平さんを呼び止める。眠たげな顔で振り向いたその顔に、肉がこそげ落ちそうになっている右手の指を振った後、頭を下げた。

「またお世話になりました、ありがとう」

「なーに。親友だからな」

ニヤリと笑った松平さんが、手を振ってから雨の中へ飛び出していった。

その直後に「ぎょぇぇぇぇぇ」と雨に打たれる感想が聞こえてくるあたりが松平さんらしい。格好つけきれず、でも格好をつけることを忘れない。

近雄は僕のことをヒーローと言ったけど、松平さんの方がよっぽど、というやつだ。

「……さて、と」

独りとなる。その途端、肩が軽くなり、代わりに疲労が全身に行き交う。

色々と、終わった。完璧な結果ではないけれど、完全に。

胸に残る痛みと、マチを救えたことへの達成感に息が詰まる。

幸せなまま、酸欠のようにぼうっとする頭を振って、商店の床に倒れた。

このまま目を瞑れば、一瞬で眠れる。その一瞬をほんの少し先延ばしにしようと、腫れぼったい瞼を押し上げる。

昔の僕が顔を覗きこんできた直後、にぃっと唇を曲げながら目を瞑った。

そして僕は彼女に恋しながら、晴れやかな明日を迎えるのだ。

「やっと気づいてくれたか」

かつて同級生だったはずの男が、安堵のような表情を浮かべる。

かつての同級生はわたしより八つ、九つは年上となって、目の前に立っている。その矛盾に、わたしはすぐ抜け道を見つけた。時間旅行という反則を。

そして相手が玻璃綾乃だとしたら。その目的さえも、おおよそ察する。

「あんた、過去に戻ってからそのまま」

「そう。ずっとこの島にいたんだ」

玻璃綾乃がそれを認める。変わらない癖毛を指に絡めながら、遠くを見るように、背後を向いた。その先にはわたしと同い年である玻璃綾乃と、そして女がいた。

どちらも息を切らしている。玻璃綾乃の側にいるという点と親しそうな雰囲気を考慮すると、その女の正体がおのずと浮かび上がってくる。本来、ここにいてはいけない女の名前が。

「マチを守りたかった。もう二度と死なせないように」

「マチ……井上真理」

あの女は九年前に死ぬはずだった。なのに、生きてここにいた。

玻璃綾乃が過去に働きかけて歴史を変えたのだ。

「ずっと見守ってきたんだ。これまでからと、これからまでもね」

視線を悟られないようにか、すぐに玻璃綾乃が目を逸らす。サングラスをかけ直して、玻璃綾乃の目が窺えなくなった。まるでわたしの視線を遮るように。

「あんたが過去に行ったのは井上、マチを助けるためなんでしょ」

「うん」

じゃあ。そんな好きに過去へ行けるんだったら。

「なんで、ニアも助けてくれなかったの？」

「近雄が納得したからだ」

「なんで！」

問いを重ねる。二度目は震えもなく鋭い悲鳴となった。

「近雄がいると、きみがいずれ歩けなくなる。だから彼は死ぬことを認めたんだ」

玻璃綾乃にそう言われて、足もとから崩れるようだった。

ニアも、そのことに気づいていた。

あいつがずっと悔やんでいたのを知っている。謝ったことも。

そしてあの嵐の夜、言ったことも。

『どうしてこの時代へ来たか、分かった気がする』と。

頭がかぁっと熱くなる。ふざけんな、とこの場にいないニアへ向けての怒りが牙を剝いた。玻璃綾乃に摑みかかる。周囲の視線が集まるが知ったことじゃない。目を逸らしそうになる玻璃綾乃の胸ぐらを引っ張り、吠え立てた。

「勝手に決めやがって！」

「…………………………」

「わたしは足より、ニアが欲しかった！」

「……本当に？」

玻璃綾乃の冷ややかな声が、わたしを貫く。肘から先が凍り、胸ぐらを摑む指先からも力が抜ける。手が離れて、玻璃綾乃が服の乱れを正す。

「歩けることとの幸せは？　自転車で加速することとの喜びは？　取るに足らないと？」

まるで見透かしたような態度を取って、腹の立つ物言いだった。

お前わたしのなに知ってんの？　と言いたくなった。

だけどその胸を突く言葉はどれも真理で、わたしを言いくるめるには十分すぎた。

痛いぐらいに分かってる。痛いことが分かるという幸福を肌で理解している。

自転車での加速の気持ちよさに陶酔していた自分がいることも認める。

……だけど。

玻璃綾乃は、殴らせろと要求すれば拒まない。

きっと黙ってわたしに殴られるだろう。試しに殴ってみると、なんの抵抗もしなかった。外れそうになるサングラスを手で押さえるだけで、殴られて赤みのさした頰には無反応だ。周囲のざわめきが波のように押し寄せてくる。喧嘩の仲裁に入ろうとしゃしゃり出てくる前田さんの父親を押し退けて、玻璃綾乃を睨みつける。

握りこぶしを、ゆっくりと、解きながら。

玻璃綾乃に罪はない。

わたしはもっと、大きなことが許せないだけだった。

「最後に聞かせて」

玻璃綾乃がこちらを一瞥する。無言ながら、なにと続きを促していた。

「あんたならマチと自分の足、どっちを選ぶ？」

「マチを選ぶだろうね、迷わず」

玻璃綾乃は一瞬の躊躇いもなく言い切る。

その姿勢は、わたしの決意を促すのに十分な切れ味を誇っていた。

わたしもあんたと同じ種類の人間だと、そこで理解する。

『ありがとう』と。玻璃綾乃に告げて、その場を離れた。

自転車に飛び乗った直後、『それ』が爆発したのを肌の下で感じた。

確実に脈打つ、第二の心臓のように。息づくそれが、わたしの気を荒げさせる。

決めたのだ。

あんたがマチの死を認めなかったように。

わたしも、ニアの死を認めやしないと。

船着き場前から走り去ったわたしは時を超えたように、気づいたらその家の前へ辿り着いていた。前田さんの家の前で急ブレーキをかける。断りも一切なく家へ飛びこみ、玄関から廊下へ上がる。真っ直ぐ進んだ先にあるのが、松平貴弘が使っていた部屋だったはずだ。そこに押し入る。派手に開けたことで舞い上がる埃を吸いこみながら、物置となっているその部屋を漁る。松平貴弘は部屋をそのままにして逃げ出したと言っていた。

だったら。

棚をひっくり返し、机の引き出しをぶっ壊す勢いで引く。後片付けなんて無視して、家具が次々に悲鳴を上げる。局所的な嵐のように前田家が荒れ果てる。

その動きに合わせて、わたしに熱が蘇る。玻璃綾乃に奪われた、あの希望への熱意だ。居ても立ってもいられなくなり、沸騰した頭は身体をいくら動かしても、その衝動から逃れられない。目的以外への興味が曖昧となる中、わたしはそれを見つける。

それは机と壁の間に挟まっていた。捨て忘れられた、たった一枚の紙だ。

黄ばみを通り越して赤銅色になっている用紙の表には変な道具のラフが載っている。丸い玉が書いてあって、注意書きが幾つか書かれている。要領を得ない。裏面にも絵があるようなのでひっくり返すと、そこには更に理解不能な機械の断面図があった。

目を凝らして注意書きを追う。

そして、わたしの汗が固まるような一文を見た。

次元転移装置（仮名）。

松平貴弘の癖字が、確かにそう記していた。

あいつがこう名づけるこの機械が、どんな働きを持つものか。

考えるまでもない。これが、タイムマシンに搭載されていたあの機械なのだ。

部屋の中央で膝を突きながら、わたしの頬が引きつる。

狂喜に。狂おしいほどの熱に脳をやられながら。

松平貴弘が処分し損ねた、たった一枚のメモ。これがわたしの、最後の希望になる。

今の時点ではなにも分からない。だけど、わたしにはまだ時間がある。

この命が尽きるまで、何十年という時間があるのだ。

玻璃綾乃に悟られないように、慎重に。そして、心血を注いで。
理解してやる。
何年かけても、何十年を費やしても。
永遠に、忘れてなるものか。

明日もわたしは、恋をする。

## 『D.S.』

回る車輪が目に留まると、否応なく思い出すものがある。それは苦くて、とても呑みこめないような代物で、けれど、自分の内側で確かな主張をしている。古傷のように疼くそれが車輪の回転と一緒にひとしきり暴れた後、残るのは涙に似た塩の味だった。それを嚥下して、僕は自転車ごと身を引く。崖からゆっくり、遠ざかる。

本島の様々な海を見てきたけれど、やっぱり島の海の匂いが一番馴染んだ。地面を蹴って後退する度にからから、自転車の前輪が仰々しく鳴る。松平さんから譲り受けた中古の自転車を騙《だま》しだまし使うのも、限界を迎えようとしていた。

島の南の岬から引き返して、僕は気ままに自転車をこぎ出す。十月、来週にまた『あの日』を迎える。丁度、九年目になるその日は僕にとってあまりに特別で、とても眩《まぶ》しい。苦さと後悔、そしてこの日を迎えた僕に降り注ぐ日差しの強さが合わさり、焼け焦げた匂いを喉の中に感じた。

共同墓地へ向かう途中、『僕』とマチに出会う。九年間、真っ当に成長したその二人が一緒の自転車に乗って、島を巡っている。僕にさして気づくことのないまま、二人はすれ違ってどこかへ走り去ってしまう。

僕はそれを振り返り、目を細めて、悔しさと嬉しさのせめぎ合いの中で見送った。車いすに乗っていないマチ。自転車を乗り回す、大学に通わない僕。恐らく、どんな時の流れの中でも僕の願った世界が、自転車の車輪と共に回る。

ずっと守り続けてきたその幸せが、今日も余韻なく遠ざかっていく。

墓参りを済ませた後は、祖母の庵で畑仕事を手伝うつもりだ。祖母は僕の正体を薄々察しているようだけれど、本物の孫がいる限り、どう足掻いても認めてはくれない。

僕と時の流れを等しくする者は、誰もいないのだ。

僕が本来失うものを、すべて手放さなかった世界。

それを『客観的』に受け入れることが、僕への一番の罰だった。

無心に努めながら自転車をこいでいると、また別の人が向こう側からやってくる。

裏袋と、見知らぬ老婆の視線が僕を捉えた。

……来週、彼女は『帰ってくる』はずだ。

そのとき、どんな反応を見せるのか。僕は覚悟しておかなければいけない。

裏袋の横に老婆が付き添い、道を行く。僕は顔を逸らさず、すれ違う。真っ直ぐ前を見て、見続けていると、裏袋がどんな顔をしているか見えなくなった。

そしてすれ違ってから何メートルも進んで、ふと、疑問が湧く。

裏袋の家族にあんな老婆がいただろうか。

そして老婆の手にあった郵便物の包みと外見には、見覚えがあって。

幽霊にでも出会ったように背筋が凍る。慌てて振り返るが、老婆の背中から、それが誰なのかを判別することはできない。ややあって、道の向こうへ二人が消える。

不安が僕を抱きしめる。きつく縛り上げて、息を吐き出させる。この九年間、僕はずっと怯え続けていた。物語が終わっていないのではないかと、ただ恐れていた。

そしてこれは、一度目の九年間なのか？

誰かが未来から介入することで生まれた、二度目の九年間だったとすれば？

嫌な想像は次々に、『だったら』を生む。

あの老婆が、裏袋の未来の姿だったら。

彼女の執念と復讐が、遥か彼方からやってきたのだったら。

……来週のあの日、もし、なにかが起これば。

僕は再び、戦わなければいけない。また松平さんと共に時の旅人となって。

どんな時も、彼女のために。
その決意と共に、だけどもし叶うならばと願う。
これ以上のドラマは、必要ない。
僕は前を向き、悠久の景色を描く海に祈る。
世界がちゃんと、車輪のように回り続けますように。
どうか僕の物語が、ここで終わりますように。

# あとがき

質問は一切受け付けんっ！

一度はこんな台詞で人を納得させてみたい。


『俺ってなんで小説書いてるんだろう？』とよく疑問に思います。それは小説家として云々とか思想の話じゃなくて、純粋にあれ、なんでこうなったのだ？　と考えるということです。そうなる過程が正直、まったく思い出せない。困ったもんだ。

というわけでこんにちは、入間人間です。これが多分今年最後の挨拶となります。この本をお買い上げ頂き、ありがとうございました。来年もよろしくお願いします。

さて今回は下巻です。裏袋さんと林田さんと井上さんが追加されました。ご存じの方もいるとは思いますが、今作の登場人物は一名を除いて、『課長バカ一代』のキャラクターと同じ名字なのです。なんで？　と聞かれてもあの漫画が好きだからと言うほかありません。あれは本当に面白かった。特に一巻から二巻中盤までが凄かったと思う。

それと関連してあだ名については、マチは『バック・トゥ・ザ・フューチャー』のマーティから、ニアは『ニーア』を短縮したものです。なんでニーア？　と聞かれても好きだからというほかありません。Bエンドが一番好きでした。

それと今作の舞台は実在する島をモデルにしていますが、あくまでその描写はフィクションです。建物の配置等々や施設の数、民宿の有無等はまったく異なっており、まぁつまりフィクション島です。作中のような田舎で、なんにもなーいってことはないので、興味のある方は一度、行ってみてはいかがでしょうか。

入間人間

## 入間人間　著作リスト

探偵・花咲太郎は閃かない（メディアワークス文庫）
探偵・花咲太郎は覆さない（同）
六百六十円の事情（同）
バカが全裸でやってくる（同）
バカが全裸でやってくる Ver.2.0（同）
僕の小規模な奇跡（同）
昨日は彼女も恋してた（同）
明日も彼女は恋をする（同）
19―ナインティーン―（アンソロジー　同）
嘘つきみーくんと壊れたまーちゃん　幸せの背景は不幸（電撃文庫）
嘘つきみーくんと壊れたまーちゃん2　善意の指針は悪意（同）
嘘つきみーくんと壊れたまーちゃん3　死の礎は生（同）
嘘つきみーくんと壊れたまーちゃん4　絆の支柱は欲望（同）
嘘つきみーくんと壊れたまーちゃん5　欲望の主柱は絆（同）
嘘つきみーくんと壊れたまーちゃん6　嘘の価値は真実（同）
嘘つきみーくんと壊れたまーちゃん7　死後の影響は生前（同）

嘘つきみーくんと壊れたまーちゃん8　日常の価値は非凡（同）
嘘つきみーくんと壊れたまーちゃん9　始まりの未来は終わり（同）
嘘つきみーくんと壊れたまーちゃん10　終わりの終わりは始まり（同）
嘘つきみーくんと壊れたまーちゃんi　記憶の形成は作為（同）
電波女と青春男（同）
電波女と青春男②（同）
電波女と青春男③（同）
電波女と青春男④（同）
電波女と青春男⑤（同）
電波女と青春男⑥（同）
電波女と青春男⑦（同）
電波女と青春男⑧（同）
電波女と青春男　ＳＦ（すこしふしぎ）版（同）
多摩湖さんと黄鶏くん（同）
トカゲの王Ⅰ　―ＳＤＣ、覚醒―（同）
僕の小規模な奇跡（電撃の単行本）
ぼっちーズ（同）

メディアワークス文庫
明日《あした》も彼女《かのじょ》は恋《こい》をする

入間人間《いるまひとま》

発行　2011年12月26日　初版発行

発行者　髙野 潔
発行所　株式会社アスキー・メディアワークス
〒102-8584　東京都千代田区富士見1-8-19
電話03-5216-8399（編集）
発売元　株式会社角川グループパブリッシング
〒102-8177　東京都千代田区富士見2-13-3
電話03-3238-8605（営業）
装丁者　渡辺宏一（有限会社ニイナナニイゴオ）
印刷　株式会社暁印刷
製本　株式会社ビルディング・ブックセンター


Printed in Japan
ISBN978-4-04-870970-5 C0193

メディアワークス文庫　http://mwbunko.com/
アスキー・メディアワークス　http://asciimw.jp/

本書に対するご意見、ご感想をお寄せください。
**あて先**
〒102-8584　東京都千代田区富士見1-8-19　株式会社アスキー・メディアワークス
メディアワークス文庫編集部
「入間人間先生」係

メディアワークス文庫

小さな離島に住む僕。車いすに乗る少女・マチ。
僕とマチは不仲だ。いつからかそうなってしまった。
そんな二人が、島に住む変わったおっさん（自称天才科学者）の
発明したタイムマシン（死語）によって、時空を超えた。
はじめは二人はどこにいるのかわからなかった。
なぜなら、島の景観なんて、十年やそこらじゃあまり変わらないから。
僕たちが『過去』に来たと分かったのは、自分の足で
全力で向こうから走ってくる、『小さいマチ』を見たからだ。
僕は驚き、そして思いつく。
やり直すことができると。
ずっと後悔していたことを、この、過去という『現在』で。
『明日も彼女は恋をする』と上下巻構成。

# 昨日は彼女も恋してた

入間人間

発行●アスキー・メディアワークス　い-1-7　ISBN-978-04-870969-9

メディアワークス文庫

# 僕の小規模な奇跡

Boku no shoukibo na kiseki

Hitoma Iruma

入間人間

イラスト／宇木敦哉

**『六百六十円の事情』『ぼっちーズ』のコンビが贈る、青春小説。**


「あなたのこと全く好きではないけど、付き合ってもいいわ。

その代わりに、わたしをちゃんと守ってね。理想として、あなたが死んでもいいから」

彼女に告白し、そして奇妙な条件付きの返事をもらった瞬間から、僕は彼女の為に生きはじめた。

この状況が僕に回ってきたことが、神様からの贈り物であるようにも思える。

この結果が、いつの日か、遠い遠い全く別の物語に生まれ変わりますように。

入間人間の名作が、『六百六十円の事情』『ぼっちーズ』でコンビを組んだ
宇木敦哉のイラストによって、待望の文庫化！

**発売中／メディアワークス文庫**

発行●アスキー・メディアワークス　い-1-5　ISBN978-4-04-870587-5